陈伟明 ◎ 著

BURU
ZHUIFENG
QU

# 不如追风去

中国文史出版社
CHINA CULTURAL AND HISTORICAL PRESS

**图书在版编目（CIP）数据**

不如追风去 / 陈伟明著 . -- 北京 : 中国文史出版
社 , 2020.11

ISBN 978-7-5205-2497-1

Ⅰ . ①不… Ⅱ . ①陈… Ⅲ . ①散文诗—诗集—中国—
当代 Ⅳ . ① I227.6

中国版本图书馆 CIP 数据核字（2020）第 212858 号

**责任编辑：** 徐玉霞

**出版发行：** 中国文史出版社

**社　　址：** 北京市海淀区西八里庄路 69 号院　邮编：100142

**电　　话：** 010-81136606　81136602　81136603（发行部）

**传　　真：** 010-81136655

**印　　装：** 廊坊市海涛印刷有限公司

**经　　销：** 全国新华书店

**开　　本：** 16 开

**印　　张：** 16.5

**字　　数：** 200 千字

**版　　次：** 2021 年 3 月北京第 1 版

**印　　次：** 2021 年 3 月第 1 次印刷

**定　　价：** 58.00 元

# 序言　他如此静美，他如此不一般

## 谢小灵

　　我喜欢上"美篇"做散步式地阅读，陆陆续续读到了这些关于爱和信念的作品，这是一场华丽的相知相遇，不知不觉之间被他的文字所吸引，感受到平凡个体生活的动人之处。认识伟明想来有十多年了，我看着他从一个俊美内敛的少年，过渡到温和不失个性的青年，所以，我读他的散文总是多了一种天然的人物背景，也就有着多重的阅读收获，我了解文字背后的安宁纯美，也震撼于他在事态纷纷的现实生活中，独立的深思和对美好事物信仰般的追寻。

　　《不如追风去》有着作者独有人格的投影。最智慧的是他，最有才气的是他，最善良的人是他，最隐忍宽厚的人也是他。我想不出有第二个人能像伟明这样，让朋友觉得可靠有情义，还能写出有梦幻氛围的、给人向往和希望的文字。

　　赴一场花开、守候花海、聆听海的声音、禅之以定、将心留住……这些像一个个抵达美好的处方，正如作者所说的，是人生最美的姿态。善意，梦幻，宁静，爱和美，共同支撑起了这一本书，既唯美，又抒情。"人生至美，莫过于简与静，莫过于经历风雨沉淀出的生动与从容。如果说懂得是一种最美的汲取，那么等待便是悠远清澈的好。""以云水禅心的情怀，淡漠红尘的喧哗与沧桑，凝神静听花开的声音，遇见另一个更好的自己。"这些淡然雅致的文字，冲淡了我每当黄昏就有的"天涯何处是归鸿"的心情。"任一抹念远溢心湖"，他的文字有一种音乐的节奏之美。

阅读是生活中的柴米油盐，当然，阅读也很有趣。有时随着心境，它有强烈的个人选择性，选择版本，选择出版社，选择题材，选择作者，也选择作者的国别。我某一阶段只读熟人的作品，当我想找一本作者才情与美德兼具的书，我能想到的就是《不如追风去》。伟明的文字让你体验到人性的深刻与力量，让复杂的心绪变得简单，让心灵更坚强，让情感的理解变得更宽广。甚至于阅读他的文章，常常唤起我再次写作纯而又纯的美文的热情。

纵观《不如追风去》，作品以开阔的视野纵览历史长河，是典型的唯美梦幻抒情的风格。他是一个扎实的现实的理想主义者，又是一个浪漫的美好的现实主义者，他以他的作品确立了他在文学道路上唯美和理想主义的写作风格。春风、夏日、荷花、连翘、梅花、大海、月亮的另一面……他带我们细细观察，把个人的经历和时代的主题结合得恰到好处。

对我而言，他的散文是如此的有意义，我用一句话来表达我这种心情："在这片大地上存在过，其本身已远非任何称呼可以形容。"我珍惜他的友谊，我更爱他的文字，我和他众多的粉丝一样，每次看他在深夜发布的"美篇"，都期待着下一篇的到来，我跟踪着他源源不断的思想之流，看他用敏锐的触觉与洞察力以及梦幻般的笔法，描写我们目力所及和我们内心空间一切事物的光芒与幽暗之处，在他像礼花般的文字意象里流连忘返。他精致的文字创造了新的意境，多看一次他的作品，就又多了一次心灵净化。他文字所营造出来的意境中，我们跑得更远，我们的手臂伸得更广，迎向那最明亮的光辉。

（谢小灵，中国作家协会会员，一级作家。鲁迅文学院第 32 届高研班学员，广东省作协诗歌创作委员会委员，广东省文学院签约作家。）

# 目　录

### 辑三 盛放在心弦之上

## 辑四　人生最美的姿态

## 辑五　天涯何处是归鸿

## 辑六　长风盈袖思满怀

## 辑七　悟景悟美悟人生

辑一 遇见花开遇见美

# 那一季春暖花开

携一缕浅夏的芬芳，悠然地坐在暮春的青草地，暖风过处，草也青青，木也欣欣，一段时光遇到另一段时光，一种风景进入另一种风景。五月的樱花，芬芳妖娆而美丽，踯躅在每一朵花下，一切美好，只为年年岁岁的相守，只为不愿错过的风景。

世间最美的风景，总是定格在眼眸最深处，而生命中最美的风景，却是在所有的花开中蔓延着懂得的温柔。不摇香已乱，无风花自飞，暗香，袭来，润入每一寸肌肤，于阳光明媚之间，将一路有缘相逢的遇见，用纯净的灵魂去触摸，触摸花儿自带的芬芳。

樱花树下，风轻轻吹落枝头的春天，云卷云舒，羞涩的春色铺满霞光。一份份念切切，一翦翦情融融，如暖阳，悄悄注入心扉，摇曳着一季别离的款款心曲。等待是生命的常态，等恰好的遇见，等恰似禅意中不可言说的了悟。

人生至美，莫过于简和静，莫过于历经风雨沉淀出的生动与从容。如果说懂得，是一种最美的记取，那么等待，便是悠远清澈的好。以云水禅心的情怀，淡默红尘的繁华与沧桑，凝神静听花开的声音，盈一抹领悟，携着美意，遇见另一个更加美好的自己。

在花海里，聆听旖旎的烟火，温暖相遇，枝头的红情绿意繁衍生息。轻弹岁月，前缘旧梦，早已化为云烟，随心走过的时光，无言，且暖。一份淡泊，万丈深情，回眸处，飘飘衣袂，情意缱绻，静静流淌的是笙箫静默，碎了春天，美了初夏。

# 茶园春色惹人醉

芳菲四月，春光无限，金色的太阳从青青的山岗冉冉升起。怀着明媚的心境，在浅浅的春里，惬意行走，喜欢春的宁静，温婉。颔首远眺，浅行静望，有追忆，还有遐思，微笑过往，只道是平常。

时光的兰舟，载满心语，心念，心缘，在默契的抵达里，浅喜，深爱。霓裳淡雅，倩影婆娑，手沾甘霖采尖芽，悠然醉玉指，轻摘片叶香。人生看似不经意的刹那相逢，却犹如茶香，滋润芳华。

丛丛茶树似琴弦，云鬓浸香，守一个人的清淡时光，幽寂，却欢喜。情歌俚语和八音，竹篓香裙，听其语淡味长，悟其深远意旨。拂去尘俗的念，不争，不妒，伴着清朗无尘的风，化作淡泊悠远的影。

眼波如烟俏眉横，柔情似水醉纤尘，素指撷来梦轻轻，漫将芳心写作春，别样娉婷。抬头看蓝天白云，心随流水潺潺，给生命以微笑，心中打开一扇晴窗，涟漪一腔百转千回的缘，惬意安暖。

阡陌深处，一簇簇，一丛丛，春风一度，碎一地悠悠心语，执一世恋恋梦幽，缕缕清香飘逸在人间四月。一种淡雅，是挥挥衣袖掸落的尘埃，在芸芸暗香里氤氲，风姿绰约，清雅脱俗。

人生不止匆匆路上，适时放慢脚步，远离尘世喧嚣，寻找梦境中那一片洁净如歌的地方。愿化成一片茶叶，守住一丝翠绿，撷来一缕清香，山泉煮梦，细品轻哑，甘味蕊中藏，休言苦味牵肠。

# 春风解花语

三月，是轻盈的欢喜，是春水初盛绿风又起，是眼中日复一日的美丽。浅思淡行，款款深情，一腔含笑，温暖如初。熟悉的旋律，浸透春的气息，感悟着季节的梦，将欢喜安放，独享内心的繁华。

春风解花语，疑是故人来。站在春的眉眼，往事在心头，多少深情在光阴中零落成泥。挥手，相约，种下一个梦，层层涟漪无尽的等待，愿于尘世偏守一隅，任情愫如水，寂寂无涯。

喜欢繁花如抱的春野，也喜欢东风吹拂枝上的新绿，是花，是月，是诗，是画卷，是初见的惊喜。一份快乐，一份恬静，穿透心海，温暖心扉，不求所有的日子都泛着光，只愿每一天都浸着暖。

风吹入眼帘，唯有惹衣香，闭目深嗅，那些掩藏在季节深处，不期而遇的欣喜，温润了多少如歌的岁月。百花深处，只愿清香细细，彼此相惜为暖，一场花雨，掠去尘世浮华，引来一剪春情。

微风，丝丝柔情，轻抚面颊，微微笑靥，像绽放的花朵，流露在明眸，诉说着心底的挂牵。浅落微尘的心，犹如燕子细雨里的呢喃，青草更青处的媚婉，不关有无，不关如是乎。

碎碎念的四月天，左手春心，右手安暖，淡然处之，不争春，不问佛，如禅，悟道。挥挥衣袖掸落的尘埃，吟唱一曲望断秋水，随时光渐行渐近。一绺靓丽的秀发飘逸，将半世的心语浓缩在简约的背影里，像空中的彩云，彩云之上的方向。

春到芳菲春淡去，情到深处情转薄，理不乱的剪不断。繁华落尽，卸下一身风尘，念与不念，眼无尘随处可安，一醉再醉的喜欢，不胜娇羞的温柔，风之纤细，水之柔软，因了遇见，妙不可言。

# 柔情似水谁家女

漫步在温暖的春天里，飘絮的花瓣，洁白无瑕，唯美中透着轻灵，朵朵粉嫩清美，随一韵心事绽放枝头。抬首，举眉，盼一场花雨，洋洋洒洒，淡淡的香气，细细微微，温雅入怀，顿生纤纤心柔、丝丝情软。

花期不负，应季而开，那一树树粉白的呈现，把美的绽放随风舞动，散着香息，淡雅清丽的芳姿，已是美极。一瓣花香，浅落心上，听花开，听花落，听花音温软，懂芬芳花事的暖凉。浅笑，盈眸，一瓣瓣轻逸，如蝶飞舞，心绪亦随之美好，飞扬。

淡然是风，取风的柔软，回眸又是千年。一种思想的唯美，躲在芸芸暗香里氤氲，写情，写意，写灵魂。心中有爱，四季都是春暖，所遇皆是善缘，心之净，心之雅，心之美，便是世间最纯美、最笃定誓言的优柔绽放。

此站浅安，静默，像那曾经枝头盛开的栀子，素雅，芬芳，安静地绽放于流年的眼眸中，寂然着一份念起，沁暖。回首眺望走过的路口，享一晌清欢，掬一捧花海，风中沉吟，浪漫满心怀。

行走于阳光明媚的地方，细数曾经过往，轻捻岁月里的缠绵未央，将柔情随了彩虹，编织远方的梦幻。无论在岁月里经过多少苦涩滋味，无论是以何种姿态温润心田，都会守着内心世界里的纯净清宁，让生命的过程简单平凡。

生命是一场途经的美丽，挽着低眉的温柔，轻守一份天涯的懂得。执着的守望，诉不尽的衷肠，那抹眷念永远珍藏。春风渡，渡一季繁花锦簇，渡一缕青丝缠绕，邂逅一帘幽梦清清，走出的依然是宁静的优雅和从容。

不如追风去

# 幽幽梅花香，浅浅春风意

柔风，浅绿，春意暖，花影深，涌动的春潮，掠过明心透彻的眼，惊动了枝头的景色。站在梅花丛中，和着岁月的韵脚，轻拂时光的眉弯，给心灵觅一处清幽，那一抹情深，那一缕浓香，执着一份清澈美好。

念起，若梅落雪，白一片，红点点，在花蕊含笑的姿态里，读懂回眸一笑的流连，感怀至纯至美的眷恋。梅能开几度？生命中多少相遇，透着暖暖的笑意，踏着幽幽暗香而来，是淡淡的美，柔了心灵，暖了相逢。

倩影疏疏花千驻，唯有知音难觅寻。风吹，念起，落了一地白。若生命中，有一人可想，可念，可喜欢，可眷恋，无不是一件美好的事情。虽脚下的路千里万里，需求的暖却触手可及，人生最幸福的事，就是有人可懂，有情可依。

暗香来袭转销魂，皎洁妆容淡墨痕。遇见，原本就是一种美好的情愫，充斥灵魂柔软至极的暖，循着彼此的味道而来。然后，日子很静，幸福微醺，从晨曦到黄昏，从心动到古稀……老去情怀长念旧，多少事，伴梅幽，倩梦留。

梅影婆娑，浮生若梦，总有一天，会在不经意间了悟，懂得生命之轻，敬畏生命之重，活在现实里，又不失梦的缤纷。人一世，惜真心，淡远名，安暖向阳，心在如春的情怀，素指翻飞如蝶舞，撷来一缕清香。

# 陌上花开，不负韶华

春风和煦，轻轻拂面，又一个绿意盎然的季节如约而至。绿叶，招摇手掌，繁花，不舍擦肩。听春深处，不曾老去的，是一地开满葱茏的相思意，那里，泛着青春的气息。

透过生命的绿，含着淡雅的香，且听春雨柔、春风轻，且看春花饶、春草净。美丽的眼神，飘荡在最柔美的地方，于风烟俱静里，遥望着诗和远方。

二月兰花开，轻轻地展开美丽的画卷，演绎着缱绻缠绵。发自心底的喜欢，轻柔，浓郁，岁月一般宁静，祥和，闲适，满足。空气与呼吸对流，抽千丝万缕穿越，织成回忆，那年青葱依旧。

在无人的小径上，捕一缕阳光的方向，绽放，摇曳，一路芳香。喜欢躺在花海上，在蓝天下放任思绪，与星星私语。一袭长裙，娉婷在岁月的长河，清澈为一抹生命的柔光，让平淡的日子有了别样的温情。

风吹过，花开无语的绚烂，也是花语千寻的漫漫。凝视远方，想着如风往事，与春风一起悠游，如歌，如诗，如画。在岁月长廊，从不曾去想红尘世间的纷纷扰扰，从不曾去想渡劫人生坎坷。

青山依旧，游云远走，沐浴春风，让人流连忘返。极简，极静，身与花木相融，不与喧嚣争锋，带上一个人的山河岁月，绣花，绣梦，绣风雨。

# 迎得春来，连翘花开

追寻春天的脚步，时暖时寒，妖娆的花事，一场连着一场。一树树繁花，摇曳生姿，清新满怀，守候着那份清幽而恬淡的时光。人间四月，依然弥漫花的馨香，十里绽放，吹醒一季沉寂的殇。

彼岸种花，此岸花开娇艳，迤逦了春风。跟着春天，一路向前，一朵朵春花，嫣然浅浅，如音符，跌进心湖，演绎着今夕知遇的甜与涩。一寸寸光阴，都是一首首歌，寸寸幸福，首首温馨。

从陌上花开到繁花似锦，春风依依，安心永远，一派欣欣向荣的新气象，生机勃勃变化万千。脚印在身后荒老，季节不停地变换色调。回首，流年的背影，蹒跚过，匆匆有我，匆匆无我。

伫立树下，嗅那淡淡的、青青的幽香，一种搁浅已久的记忆，顷刻间涌上心头。刻骨铭心于青春的记忆，心事压弯了枝头。思念随雾涨潮，漫过岁月的几千里，那些醉心的过往，已在风轻云淡中，在时间面前一切终将释怀。

连翘花开，含笑枝丫，片片花瓣娇嫩如霞。那泛黄的底片，诠释出内心的忧和喜。日子穿越涓涓风雅，入心，入目，恬和得安静。轻捻指尖上的岁月，记忆已随花凋零。流金的日子里，与沧海共老，与岁月重生。

浅浅的花季，拉长了岁月，扯动轮回的花期。灵犀踮脚处，飘过的一缕香，慰藉着，前世蒙尘的心雨。把阳光款款留住，把一地落花捡起，再把这一季花语，串念成诗，心在行间，念在字里，心在路上，念去了远方。

# 在春天里等你

三月，陌上花开，次第芬芳。着素衫，轻装扮，远离喧哗，看一场花事熏染，桃红，杏粉，李白……这一片，洁净如歌的地方，从云水深处，漫过三月的花事。只愿化成一片草叶，守住一丝翠绿，静静聆听花开的心跳。

芬芳的裙褶，馨香四溢，花开花落，思之念之，痴迷在三月的烟雨里，听一次花开，想一阕心事。我在春天等你，在桃花灼灼的深情里，在杏花锦簇的期盼里，在樱花娇红的羞涩里，在李花盈白的圣洁里，用我清澈的眼眸，望你。

剪剪杨柳春风，吹皱了心的涟漪。等你从唐诗宋词中款款而来，等你从江南绝胜烟柳里缓缓而来，等你从遥远天涯披星戴月而来，衣袂飘飘，烟雨含愁，丝丝披散鬓边。一片心念，低眉，轻语。

天涯有爱不觉远，人生有梦不觉寒。柳絮如棉，轻风吹拂，掠过思潮的心湖。有时候，一个念想足以让人望穿双眼，望断烟云，义无反顾。一个梦会让人痴心不改，既是沧海桑田，抑或桑田沧海。细细碎碎、千回百转的日子，才是最真切的烟火人间。

行走在花香四溢的小径，就让纯纯的笑，与风擦肩，与花邂逅。捡拾起风中的回忆，把落英缤纷收藏在时光深处，剪辑成或浓或淡的浪漫，于静好的时光里，沉醉，卷起，铺开。

笑靥如花的娇羞，映红了三月的桃花，嗅着花儿的清香，看着春光灿烂，等待了太久的春天，已郁郁葱葱，你侬我侬，情有独钟。在阳光悠然的午后，柔柔的情思，揉进幽幽的馨香里，去寻觅你的踪迹。

# 刹那芳华

细数曾经过往，或是遗忘，或是被珍藏。岁月匆匆，如烟如梦，依稀映衬青春的身影，飘荡着一首苦涩的歌。此刻，静守烟波，将一炷心香点燃，让灵魂里的氤氲飞扬。

青春的岁月像条河，潺潺流过那片土地。脚下，花草芬芳静谧的路，走过年轻美好的时光。也许，记起某些断章，一段段念想，已经攀爬在藤蔓之上，起舞，遥望，回想。

年轻是场回忆，当回首匆匆那年时，会浮现一切的悲切，或是欢喜，或是感伤，如时光隧道，穿梭离别伤绪。寻一处安静的所在，心若安定，哪里都是归处！

时间流逝，褪不去的还是善良的底色。无论一路春光，还是一路荆棘，行走在这条林荫道路，就像一支唱在心底的歌谣，回忆悠长又焕发韶光。给岁月以善良，岁月自会还你一份美好。

每一天，不同的风景，掩映着不同的心情，生活越接近平淡，内心越接近绚烂。最美的风景不在终点，而在路上。最美的人不在外表，而在内心。最好的岁月，不在于鲜衣怒马，而在于平淡的日子里，是否有人愿意与你同行，将温暖和善意赠予你。

无论人生走到什么阶段，只要热情在，芳华就在。快乐全仗热爱生活，豁达更凭积淀素养。顾望今日，我们的芳华是在忙碌奋斗中，实现一个幸福的期盼，愿我们始终热爱追逐梦想的旅程。

# 等待，在春寒料峭时

乍暖还寒时候，凝视村头儿时藏梦的小山，回望溪边儿时留梦的水田，又是一年春来到。此时，阳光驱除了山中雾霭，落叶上的凝霜化解，开始有水滴在林中轻轻滴落，一嘀一嗒，宛如春的时钟。

清冽的风，最能沁人肺腑，冰雪消融，清寒中感受春天，感受万物生生不息。一个人，往前走了多少步，就会有多少等待。有些等待，终会山花烂漫，兑现成真。而有些等待，却是擦肩而过，南柯一梦。

雪后清寒，料峭春风，春天已经来到，也许不易觉察，但在风与树的絮语里，多了几分柔情和温暖。仰望迷离的天空，闻着花草的清香，倾听流水低吟浅唱。

在河边徘徊，踏着梦痕，一步一步，从冬天走到春天。有一种情愫，无须千言万语，轻轻地一声问候，念着就已足够。人在天涯相守，心在咫尺同舟。念若真，爱不离岁月不寒，心若在，情不弃时光温柔。

最喜东坡先生那词："料峭春风吹酒醒，微冷，山头斜照相迎。回首向来萧瑟处。归去，也无风雨也无晴。"生活就是这样，时慢时快时疾时缓，时悲时喜时乐时苦，蓦然回首，却已人去楼空，不知江月照何人，但见长江送流水。

# 遇见花开遇见美

春暖花开，花香满径，又一个新的年华，悠然来到了人间陌上。轻提罗裙，推开满园春色，迎眸入眼的桃红柳绿，于流光深处，旖香暗摇。一眸对望，一心轻颤，在最深的红尘里，愿留下最美的身影。

花开时节，守候寂寞若烟雨。清清浅浅，笑靥，飘零，辗转；隐约，依稀，幻灭。隔着岁月的那片花海，体味"忆君心似西江水，日夜东流无歇时"，浅吟"夜月一帘幽梦，春风十里柔情"的温婉。

谁是谁的风景？谁是谁的过客？攘攘世间，驻足凝视，不问花开几重，花落几许。漫步花丛，只想汲取一季美丽，心如花间清露，一份浅念，暖一路相伴。

循着幽幽花香，放任脚步行走于花间。静静聆听，晨雾，花香，雨滴，鸟鸣，轻声低语，心境入禅。喜欢那份静，那份雅，素心恬淡，如水的日子，芬芳，明媚，安暖。

人生的路，走走停停，随心、随性、随意、随缘，自由如风，握不住、摸不着。初春的脚步亦如素净的女子，秋水含眉，清香萦怀，浅喜深爱。蓝蓝的天空下，和煦、温暖、舒适，借时光之手，暖一片花开，伴着恬淡的心绪，温润每一天。

深情的眼眸里，有着柔情的笑靥。听风吟起，与春意不期而遇，怀揣一颗清新的心，只闻花香，不谈悲喜。新年旧岁，何须丈量，兀自繁华，四海八荒，幸福绵长。

# 春暖花开，心生美好

风轻轻地吹起，云静静地散去。阳光，鸟鸣，林荫，花香，踏香而来的身影，在花海中慢慢清晰，把三月的风景蔓延成了满园春色。

一树花香一树春暖，于心间妖娆，于眉间绽放，淡淡馨香溢满心房。虽然只是简单地行走，已是心境最美的时光。所有的念，在蓝天白云下舒展，以单纯的写意，将美好镌刻。

花，那花，正好。紫色的小花在微风里，发出沙沙的欢语，恰似涛翻浪卷，波连远方，一缕优雅的暗香弥漫心间。喜欢在这样的日子里，驻足，凝望，鸟语花香，轻描淡写着流年与光阴的故事。

春天那么美，思念那么长，落在尘嚣之外，落在那抹轻柔的田间小径，随着春的气息飘远流淌，芬芳了流年，美丽了春天。回眸，一个微笑，一次遇见，一段记忆，都如一池春水流转生香。

当花开再度成海，缓缓走在紫色海洋里，让花香与美乐，荡涤尽人世中的忧忧扰扰，把聚散轻放，随意闲开落，把自己凝成一抹剪影，将最幸福的时候凝结在这份安宁里面，当是人生永恒，一切安好。

# 灯笼高高挂，伊人红妆来

繁华深处，春思几度，照彻时光的灯笼，将羞涩的二月，编成一盏盏翘望的期盼。春风起，春意暖，漫天烟花泯泯灭灭，走一程山水，看一树花开，欢喜着繁花似锦的春野，欢喜着东风拂枝的新绿。

初春陌上，暖暖的风，柔柔的情，花开心间，润满流年。人生不是为拥有物质的丰富，而是与生活不离不弃，是与真情紧紧相依。春风春雨春花春深处，那开在尘世里的花，不卑不亢，守着人间烟火的味道。

灯前树下，是风永远都解不了的花语，伫立在时光的碎影里，任由那一隅心事，在一片水墨斑斑的痕迹里温柔地滋长。多少个昨天一个个远离，多少个今天在追寻明天中继续，山高水远，细水流长，岁月路上依旧没有驿站，只有向往的脚步匆匆。

远处，小楼，轩窗。一棵梓树灿烂地绽放着，它是那样地恣意，那样地悠然，那样地不负春光，把最美的芳华深深定格在盛开的瞬间。冷暖交织的岁月，百转千回，总有几许记忆，温暖心扉。

花开一季，情暖三生，千帆落尽，那些如风的往事，依旧在记忆里葱茏。喜欢春风吹来的气息，那是一种暖暖的香甜，一树花开的香，一场倾城的烟雨中，一袭温柔在心中静静地流淌。

辑二　那浅夏里的时光

# 浅夏时光，花开未央

夏至已至，春天已远，花还在开。春天走时，绿叶是春天的留白，花儿是时光遗忘的美丽。掬一捧绿影婆娑，留一个朦胧的剪影，轻嗅一朵光阴的美，任温情在生命里涌动、涟漪。

沿着花开的方向，一袭素色长裙，行走于草长莺飞的轻绿里，清风悠悠来去，撒落流年。在浓密的花影里，捻一朵花，轻轻抚摸岁月划过的痕迹，点点滴滴，凝结为暗香一缕。

淡淡地坐于一隅，感受清风绕肩的惬意，悠悠的笛音漫溢来，吹彻了心中的初放。无论低眉，还是仰首，只要心驻明媚，心装纯净，途经都将是花开时光。

静默地伫立，花开为韵，草色之声，为纯净的心念，感恩着前世的缘，今生的遇见。独坐，聆听光阴漫过的脚步，清浅简约，淡然平凡。

如水的双眸，蕴含着丁香花的情愫，千般思绪不经意滑落。步履轻迈，一树树的花开，身影轻转，拐角处便是相遇的凉亭。

不触忧伤，不惹喧嚣，倚一篱宁静，倾听云水深处缥缈的清歌。这美，生静，生香，生柔，随风摇曳一片悠扬芬芳，任流动的旋律，在烟火里弥漫生息。

临水照影，执一襟恬淡，拘一怀清欢，几分痴，几分醉，几分朦，盼心中影，诗中意，梦中声。清清，浅浅，微雨过处，塘里的小荷渐次盛开，在流年的脉络里沁暖安馨。

携一抹淡然，静赏繁华，寻一丝暖，雅一首诗，微醉于红尘。看清浅的岁月，做淡淡的人，与人，与己，走一个海阔天空的悠然岁月。

捻一指花香，许岁月无恙。采一片光阴的绿叶，留在搁浅的岁月里，和着那长诗短歌浅吟低唱。雁字回时，唯愿，风住，尘香。

# 夏风吹起

天空，流淌着夏日的味道。在湛蓝的幕布中，四季更迭，时光美好，改变的脚步，不变的守候。太阳每天都是新的，阳光也是。日子在奔波中继续行走，生活需要微笑，当晨风唤醒心底的柔软。

时光穿梭，再穿梭，隐隐约约到了那年。一半烟火，一半诗意。或许，生命之花，只需一次尽情绽放，身处低谷，亦如顶点。世间最美的，定是，千百次追寻的那个瞬间。不再有诗，却依然生动成，诗的字字句句。

风前伫立，已不去执迷虚妄。任由风吹，吹不出带雨的人间。在现实与梦想的交流里，总有些未及的梦想流落岁月，沉淀成沉默的时光。不管走得如何遥远，心中有一个踏实的方向，那里有滋养美好的土壤。

或许，仅仅一道风景，已足以让眺望的目光，漾出波纹。花开花落花有期，人来人去人随意。许多念念不忘，只是一瞬；许多一瞬，却是念念不忘。唯有记忆深刻成一种怀旧，在怀旧里感恩，在感恩里前行，所有的遇见都是随缘。

# 那胡同里的时光

在烦嚣的城市里，总有一些古老而真淳的情愫埋藏在内心。走过喧哗，透过流年，在宁静中，像一阙旧词，又像一首婉约诗。就如远山的边缘还是山，而身后的辽阔，足可以容纳一个季节从容地退却。

许以宁静，清嗅窗外墙角处的数枝梅，暗香浮动，浸入肺腑心脾，或浓或淡。时光悄悄地带走了青春，岁月的折叠，含蓄了胭脂扣，明眸清朗，如雾如露的内涵、修养，光映了温柔的脸庞。

一个不经意的转身，推开那扇窗，寻找那片美丽的风景，总有一个清晰的身影，时常在梦里穿行。徘徊发呆的念想，理性与感性的边缘，是谁？让风变得柔和。是你的宁静，还有随心的空。

夏天的风，吹不走春天的梦。生命中，有丢不掉的烦琐，也有找不回的精致，莫不如，置于一缕清风，以优雅的状态，与时光对话，脚下的路越走越远，心中的念越来越淡。

望着窗外，流淌的时光，越来越清新，如浅浅的飘香在灵魂深处。或许，走过的岁月，淡淡的相伴，没有什么轰轰烈烈，有的，只是生活中的嘘寒问暖，平平淡淡的才是最真的幸福。

抵达一座城，又一座城。他乡烟火里，往事，似一缕云烟，风在推着云，也追着云，一直走过了天边。心中有爱，无畏霜寒，心有远方，走下去才有终点。

不一样的烟火，燃烧岁月多磨。也曾沐浴朝阳，曾洒落阴凉，风过随之飞扬，花开静静观赏。不知道以前是什么样，更不知道以后会是什么样，脚不停地在走，心却始终如一，在路上。

清远的气韵，是遥远的不可触及的忧伤，在疲惫的时候，不妨让倦了的心透透阳光。那些如梦的往事，同心田中涅槃的凤凰，把心中的落花流水与起落浮沉，聚集，成景，成画，成自己的一片阔绿福田。

四月深了，这是一个思念会转弯的季节。一颗心，注定咫尺天涯，心有远方，梦就会飞翔。让自信的笑靥洋溢脸庞，让善良的精髓流淌心上，融进血里的骨气，活成自己喜欢的模样，温柔自己的岁月，惊艳自己的时光。

# 花开浅夏，时光正好

风和日丽，万木葱茏，这葱茏的绿，茂盛的绿，无边无际的绿，开出黄金一样的花，暖暖的风传递着香浓。在广袤的原野上行走，看风携着云，看蝴蝶双双，在山花丛中蹁跹起舞。绿意盎然的枝头，那跌宕起伏的梦想，追逐阳光的味道，有深深的情，有甜甜的梦。

花香满径，嗅着缕缕芬芳，那些丢弃在空气中的念，被阳光驱赶。夏风，唤醒辽阔的原野，轻轻地追逐盛开的花朵。牵引的目光，守候一丛一丛的绿，空气里都是成熟的味道，像极爱情，瓜熟蒂落。

总是一颗驿动的心，永远朝气蓬勃，笃定青山碧水的一份悠然，了无牵挂。穿越苍茫时光，只需一步一个脚印，能想到的辽阔，是光芒与洪荒的源头。蹚着春潮，拥着夏浪，醉卧万紫千红，似新雨后甘甜缥缈的梦，无须彷徨，只有直往向前。

花田漫步，芳香落满裙衣，花开悸动，是心灵的遇见，是思想的盛开。阳光，雨露，定义于一阙花事，氤氲着初夏的臂膀，任铅华簇锦，时光苍老，心依旧静守着生命里的知足。把自己静立成一个蓝色的梦想，把梦的驰骋剪辑成串，手里，只握住一根若有若无的线。

一场平凡的相遇，酿成了岁月的芬芳。时光，请等一下，回到那个被风吹过的夏天。或许，生命之花，只需一次尽情绽放，身处低谷，亦如顶点。世间最美的，是千百次追寻的那个瞬间，如春花，如秋月，如琴瑟和鸣，触碰心扉的那一根弦。

总有一些过往，恰如心底萦绕的歌，潋滟在花香鸟语里。归去来兮，折叠起相视一笑的温柔，灿烂着四季花海，放在书中，成为心语书签，轻轻浅浅缥缈如云，却一直在，在心与心的相逢。

随手提起的花篮，风如初，云如初。人生的繁华，从开始到落幕，从此岸到彼岸，多少反反复复，多少兜兜转转。有一种念，叫守候、叫等待、叫无奈，梦着、牵着、痛着，延绵千里，天涯若咫尺，却走不出世俗的樊篱。

任凭时光飞逝，物换星移，有些东西，或许从不曾开始，也永远不会抵达。纵然有诸多无奈，只要能望月守心，厘清思绪，就是一种简单的幸福。谁不曾有过含苞待放的激情，谁不曾有过火热浪漫的年华，而唯一不变的，依然是那颗向往美好生活炽热的心。

# 邂逅那场油菜花开

碧云天，黄花地，欲语还休的剪影，层层叠叠，细细柔柔，如疏篱浅飞，错落有致，半开半合间，一切朦胧得如痴如醉。油菜花开，热烈奔放，沸沸扬扬，那是来自远古的追溯，那是对阳光，对夏日，对生命，对梦想，最痛快淋漓地追逐和歌唱。

金黄的花蕾，似一只只精灵，衣袂翩翩而舞，播撒着阵阵馥郁的馨香，盛开油菜花的田野，一遍浅黄。徜徉在花海里，拈花微笑，浓浓的花香萦绕鼻翼，深深地嗅一口，欲飞的思绪，在一片碧绿金黄的香毯上，肆意地飞扬，灵动着一种摄人心魄的韵味，在朵朵花丛中，异样光彩。

风吹菜花香，只见阳光低吟，只见眼前的油菜花在空气里轻柔起舞。漫步在欣欣然的金黄里，遇见似是故人来的自己，一种梦回前朝的感觉，弥漫心头。因为懂得，人生没有那么多的路需要去赶，应该给自己一份悠闲，一份清朗，一份明净，一份柔美。

站在一片花海里，一波波涌动着的波浪，汇聚成一片金色的海洋，泼墨般的浓墨重彩，像质朴的情感，率性而直白。闻着醉人的花香，满眸盈翠，花香氤氲，醉了来人，暖了心扉，心中永远留下这缕油菜花的芬芳。

花开灿烂，人面何处，那望穿的眼中，何处去寻觅踪迹？夏风不言，依旧轻拂着那份撩人的相思意，萌发出一丝美好的向往。只是痴痴地等待，在这灿若金黄的花丛中，轻轻开启梦想，或五彩斑斓，或清秀婉约，或粗犷豪放，或壮美瑰丽……

满目金黄香百里，一方夏色醉千山。遍野的油菜花，从卑微里长出倔强，淋漓尽致地映入眼帘，引来了无数的小蜜蜂在花丛中翩翩起舞。

风，在深情地吻，花，在忘我的笑，一茬一茬地遥望，一年一年地邀约，亲切，热烈，豪放。

　　浅夏，一个清晰明了的季节，有雨有晴有香有色，有云的白，有天的蓝，也有充满了黄色美丽炫目的油菜花，高高直直，宁折不弯，花开万朵，不争奇斗艳，却能开出一大片的夏意，绽放出温暖的力量。凡尘梦萦，总是在繁花错落间，花期很短，余生不长，愿时光能缓，愿故人不散！

# 又一季蔷薇花开

蔷薇花竞相绽放，层层叠叠，缠绕枝头。漫步花丛，风吹过，送来阵阵馨香，自在飞花轻似梦，感知一叶碧绿的舒展，轻嗅草木幽香在弥漫，倾听冬去春来的声音。

微闭双眸，享受那一份舒展，如雨、如花、如沧海，似诗、似梦、似丛林，尽情赏读真谛岁月，用心品味人性真诚，守望的倩影，静静化作一处优美的风景。

一抹暖阳，泻入盛开的花朵，丝丝清香萦绕霞光，盘旋、弥漫、升腾，浸入心田。时光荏苒，岁月无痕，淡然、清净、隽永，彰显一份宁静安然，不争朝夕。

伫立花丛，花在指尖，轻吻花朵，花香铺满宁静的心，如雨般温润心绪，如花般清新明朗，如沧海的钟情有谁能够阻挡，在花里徜徉，不问清愁。

心中的蔷薇花，从容的笑脸，开在浅浅的春天，远离纷扰，清澈在无言的对视中，与山岚兜风，与云朵谈笑，与阳光雨水心心相印，不染尘埃。

花开一季，雨下一季，每一朵花，都为季节而开，透着时光的柔软，密密的叶子簇拥着遐想，衬着粉红或红红的脸颊，片片飞入怀，情思如花开。

朵朵蔷薇，氤氲盛开，仿佛时光的袖子舞出的淡淡诗意。年华的两端，一端是千山万水的寻觅，一端是悠淡安然的静聆，如清水一样的心，才能开出花的真，花的美，花的颜。

# 白驹过隙，光阴不可轻

浅夏五月，草长莺飞，春的脚步尚未去远，夏的火热且未到来，这是最美好的季节。驻足岸边，慢慢地品着岁月，借一泓淙淙碧波，润泽干枯的记忆。

静守时光，以待流年，一滴滴痴痴地念，浮光告白，灼艳一程灵犀，以清浅的姿态悠然禅心，寸寸抵达心灵，梦随心飞，相约在十里长亭。

暖阳，穿过枝叶，留下斑斓的日影，拼捧起温暖的光明。杨柳，伸出绿色的手臂，轻挽微风，便满天飞花，生命的清香划过心扉。

轻踏一地的青绿，吹来缕缕馨香，回首往事，这堵围墙斑驳了记忆里的时光。一个相思一个相思，都掉入弯曲的湖畔中。

漫步在潮起的岸堤，如梦如幻的佳期。岁月过往，曾经的浪漫萦绕心里，那年今日，邂逅西子湖畔，如今重温旧梦，人间一切都在回味里，何方景，几处情。

围墙的拐角，隐见的身影，从远方走来，从经年走来，是你又不是你，不是你却只能是你。挥手过往，拭去眼角的爱恨情仇，浮云，尘埃。

在不惊不扰的年华里，在渐行渐近的云路上，拽着缘分的一角，留在时间的脉络里，当花开满枝的清香，辗转成远方的思念，长长的时间，长长的牵念，丰盈了岁月，迷离了梦境，装饰了别样的旅程。

将生命中的唯美托起，不负这花开季节，热情奔放，荣辱不惊，独喜属于自己的天地。岁月的沟壑，勾不出清纯的影子，晃眼的却是那世故人情。一身素衣，把心事裹了又裹，此处人间，唯有相思取暖。

# 盛夏时光，花香依然

夏风微醺，花儿无声，盈润着初夏的眼眸，驻足，轻嗅。金黄的五月，悄然孕育，默默从这里走向成熟。那默然开放的花影，似乎早已，轻轻镌刻在岁月的纸笺，花枝巍巍，暗香浮动。浅夏，淡如烟，轻似柳，如约而至，在岁月里浅浅而行。

踏青而来，心怀一抹对夏的期许，风吹起，犹似一粒忐忑飘浮的轻尘，卑微与华丽，期许与遗憾，暖流过心田。喜欢这样浅浅淡淡的花香，喜欢这样浅浅淡淡的日子，愿效其所长，取之所爱，在花语中通抵心灵，心意灼灼，汇成一曲曼妙的旋律，清晰，淡雅，婉约，激情。

轻倚在季节的转角处，阳光轻泻清新温暖，有花绽放淡香沁脾。一个人的时光，简约，宁静，忘却了世间的喧嚣纷杂，抛弃了红尘烦恼琐事。牵引的目光，季节的风向标，守候一丛一丛的花香绿意，风中摇曳，轻盈如蝶，在心间深藏着碎碎的温柔，在花笺上书写一笔清远，淡守清欢。

有客问浮世，无言指落花，岁月的门楣前，光阴的呢喃戛然而止，在枝头上饱蘸着泛黄的寂寞。恬淡在眉间轻盈婉转，亭亭玉立，娇羞淡雅，在心间结出一朵一朵温柔的暖，绽出朵朵馨香的倾城，倚在时光深处，微笑向暖。

浅夏五月，最是花香弄衣时，这个季节是美的，也是静的。此刻，倚着时光的温润，嗅着花香，聆听风的轻盈，静看云的洒然。愿意在时光的流逝中，带着绿色的心情行走，淡淡的时光，浅浅的思绪，随缘从容。

在渐行渐远的岁月中，将那些唯美的曾经，勾勒出生命的美，珍藏在时光中，静静地将心放逐，感受一份明朗、风轻、静美。五月的初夏，不只是花间清爽的漫步，对景思陈事，浮梦田园欢共。独爱五月的芬芳，感恩所有的遇见。

# 云天夏色，木叶秋声

微风和煦，轻轻拂面，又一个绿意盎然的季节如约而至。绿叶，招摇手掌，繁花，不舍擦肩。听春深处，不曾老去的，是一地葱茏的相思意，那里，泛着青春的气息。

透过生命的绿，含着淡雅的香，且听春雨柔、夏风轻，且看春花绕、夏草净。美丽的眼神，飘荡在最柔美的地方，于风烟俱静里，遥望着诗和远方。

轻移微步，袅袅娜娜，撷一缕心香，迎一缕晨光，望溪水潺潺，伴悠悠梵音，在这极致的禅境中，将一些水墨相逢，写成绝色的丹青，于卑微中，活出健康，精彩。

发自心底的欢喜，轻柔，浓郁，岁月一般宁静，祥和，闲适，满足。空气与呼吸对流，抽千丝万缕穿越，织成回忆，那年青葱依旧。

风吹过，花开无语的绚烂，是花语千寻的漫漫。想着如风往事，如歌，如诗，如画。在岁月长廊，从不曾去想过红尘世间的纷纷扰扰，从不曾去想渡劫人生坎坷。

岁月静好，安然前行。透过夏的门楣静静流淌，不曾邀约，却不容错过。夏在云端，云在青山，我在天边。人生不求圆满，但求对生命的一份虔诚与尊重。

这一枚枚静美的绿叶，使人心思沉静，用一颗心去聆听，欣赏，品读。我们走过的每一场岁月，皆在红尘轮回中患得患失地徘徊，挣扎，放下。

此刻，只属于当下，只属于大自然，阳光般的笑靥。每一季的山水自有它独特的魅力与禅意，莫说梦中老去，叹落花流水，枉自清甜。

# 花开半夏，芳香满怀

六月，是季节里的明媚，暖暖的风，蓝蓝的天，花开灿烂，婀娜多姿。"连雨不知春去，一晴方觉夏深。"眼眸的风景，耳际的浅笑，心底的思绪，温和沉静，婉婉轻徊，若歌盈袖。

梦想，在初夏的枝头渐次饱满，暖阳下，眼及处，点红，点绿，点黄，那菲红的青春，灼烧成腮边红晕。起舞弄清影，繁华与凄凉，心情起伏于多彩世界，于闲雅逸致中，享受轻盈的韵味。

岁月是条河，多少故事荡漾，层层涟漪无尽。浅浅地走，轻轻地看，脚下踩出了一串串遐思念想。抬头仰望，谁把颜色涂在了云端，让缤纷的花期落在素色的季节里。

时光，绕指渐行，恍如前天，犹在昨夜，梦里几度桃花红。聆听静境花语，呢喃轻吟，渲染了岁月风华。在每一个聚散离合的路口，幸福只不过是路过的风景，在烟花般的余温里，与岁月一起虔诚皈依。

告别春的萌动，迎来夏的生长，被春风唤醒的万物，已风华翠茂，正在走向各自的彼岸。愿寻得一处山水相依，蔷薇织墙，盈一袖香，赏一城春，在温婉中，明了路人的眼，醉了游人的心。

花香清浅，闭目深嗅，每一次触及，都是如初的心动。一个不经意的回眸，那些山水间的苍绿，那些繁花般的含情脉脉，都只成为一季春事。任无尽的思绪，风吹过，到达在水一方的彼岸，于蓝天飘逸的白云中，等你在下一个红尘。

夏风已烈，春天自有归处，站在季节的转角，守一缕阳光，听一曲春去夏又来。人生，是一场禅意清宁的修行，多少美若花开的欢喜，早已散落在时光深处，只有用风雨人生，感怀一个风和日丽的约定。

不如追风去

# 淡紫柔情，花开成海

五月的风柔柔地吹，那花恬静绚丽地绽放，浅紫的花瓣，淡黄的花蕊，翠绿的叶片，在阳光下，在道路旁，在林木间，抬眼望去，仿佛置身于氤氲的梦幻中，亦真亦幻。

开得正好的一片花海，层层叠叠，起起落落，曼妙多姿，馥郁馨香，犹如升起的紫色烟霞，逐渐在心头弥漫开来。二月兰，盛开，或是待放，淡紫色的素颜，洗尽铅华一般，不忘初心，绽放美丽。

"千古幽贞是此花，不求闻达只烟霞。"质朴清丽，花开成海，默默装点着自然。微风吹拂过，清香飘在云空中，赏心悦目，让人沉醉，花瓣里深植的那份情愫，更添了一层淡雅和透明。

一花一世界，一木一浮生。这温柔的紫，神秘的紫，一片一片，一簇一簇，似草非草，似花非花，犹如美丽而缠绵的依恋，让萦于心头的思念，在初夏的芳菲里肆意的弥漫。

相思很近，天涯很远。站在红尘之外，静赏繁华，不为谁等待，不与世争艳，只为守候那半亩花田。一种淡雅，一份懂得，是挥挥衣袖掸落的尘埃，在梦里，在心里，也在生命里，随时光渐行渐近。

空气中弥漫着淡淡的清香，有点甜，慵懒而幸福着。喜欢那句：你见或不见，我就在那里，甘愿于一厢痴情中品味沧海桑田。驻足花海，拈花一笑。不管是青葱岁月，还是失意年华，都可以在这花海中，让思绪归于平静。

# 时光葱茏，岁月留香

六月，绿树成荫，风含水墨，一步一回头的牵挂，在山水盈盈处种下宁静和茂盛。岁月静好，浅浅便好，用心聆听飘落的絮语，想世间最美莫过于懂得，懂花开欣喜，懂花落无奈。

跟随风起，自由生长呼吸袅袅心音，静坐在芳草蔓延的小路，隔着一朵花的光阴，凝望在一抹桃红中，低眉心扉，访一季春暖花开，在衣袖里，在心灵里，在梦里，此岸彼岸，化云化风化雨化山河。

细语，情漾，千里遥望。匆匆是时光一路走来的风景，浅浅遇，深深牵，听风起雨落，素心不染傲霜寒。轻踏一地的青绿，暖风吹来几缕馨香，柔软的心思，斑驳了记忆里的时光。

一叶叶落下，一叶叶生起，站着，走着，看着，听着，点点滴滴，寻寻觅觅，拈一朵花在手，品味着它的芳香。感谢人生所有相遇，在与岁月的交织中，用纯洁和美好印下足迹，缘来一缕浅笑，缘尽一份安然。

盛大的绿，铺满了夏日，一枚枚阳光出没于路口，一排排柳树结出蝉语，草地，池塘，鸟鸣，还有遥远的青山碧树，每一瞥见如当初一样美丽，庄严的、静默的时光催老了人生。

顺着一路花香，在悠闲的小溪，只把念想化为一曲衷肠。天涯咫尺的虚空，无念而念的芬芳，仿佛是梦中的眼眸，参不透的静默，依旧在这六月里，执着。

那片片绿色，感染了小河的清澈，渐行渐远的六月消瘦在远方。捕一缕阳光的方向，绽放，摇曳，一路芳香，待花开烂漫时，邂逅你的归来。

# 夜半芳香，火龙果花开

清风入怀，淡月映影，浅妆轻敷素颜，襟飘带舞，心，美好如此。亭亭玉立，举目觅星辰，是情丝万缕，却无奈之极，朝露繁花，咫尺即天涯。

任夜如墨，花开如雪，羞答答，犹似少女拈巾掩俏脸，一颦一顾，香气郁郁，如白玉盘，如天山雪莲，冰清玉洁。

花瓣里，黄蕊满怀，层层叠叠，相依相偎，俏舞弄清影，抬头，浅浅一笑，不是昙花，胜似昙花。露重更深，点点，滴滴，到天明。

青箬笠，绿蓑衣，这一季花开，微风缠绕枝头，飞花缱绻，格外缠绵。"髣髴兮若轻云之蔽月，飘飖兮若流风之回雪。"夜半时分，独自绽放，不为喧哗。

此时，天微亮，有云，有风，有细碎的落花，淡淡光景，轻轻摇。一弯轻盈，莫名映衬了世间红尘，彼此错开的时光，千回百转又纠缠不清。

辑三 盛放在心弦之上

# 有你，沿途都是风景

不觉已秋，一点点的红，一点点的黄，一点点变成眼里的风景。看那花影婆娑，多少心事重重复复叠叠。任风吹脸庞，嗅着角梅芬芳，闪烁一阕情深若梦，禅静无声。轻轻捡起，那份梦的留恋。

每个平淡的日子里，缘分的轻舟，载不动太多的清愁，只剩下一颗纯净透明的心，印在一瓣瓣青叶上。好想把心拔出来，修剪提炼，将缠绵在脑际的藤萝全部剪去，让心在安静中为执念坐禅。

仿佛是躲不开的缠绵，一阵阵莫名的忧烦，总是飓风般袭来，侵蚀着梦幻岁月。幻想着将心沉进海底，化作一颗珊瑚，与礁石为伴，在海里曼舞，至此，不再在薄雾风波里徘徊。

只愿此刻，是一片白云，在湛蓝的天际，自由飞行。秋晨曦影，一朵朵白玉兰花，傲骨禅净，遗落成满地的情思，乱如风中的长发。俯身拾起，一枚枚秋词，煮字疗伤，万水千山纸短情长。

一缕秋风一抹绿意，一窗枫叶一轮明月，在抖落光阴的尘埃里，将一路有缘相逢的遇见，用纯净的灵魂去触摸前尘的浮浪，转瞬，十里风烟染指了枯黄。轻轻许下眉间一帘心事，闭目将心湖静静泛起，一同涟漪在深深的执念里。

诗意的长发，墨染一阕清词，把缘分写在方寸之地。人生若只如初见，眼睑处，一缕情愫挥之不去，如雨巷深处，一抹丁香，只一眼，便醉。清新如你，淡雅如你，在每一个雨季，氤氲着这份情谊，千里之遥，有你的远方是最美的风景。

# 秋叶，静美

　　轻移微步，袅袅娜娜，撷一缕心香，迎一缕晨光，望溪水潺潺，伴悠悠梵音，在这极致的禅境中，将一些水墨相逢，写成绝色的丹青，于卑微中，活出健康，精彩。

　　秋来，风起，叶落，禅意。这一枚枚静美的秋叶，使人心思沉静，用一颗心去聆听，欣赏，品茗。我们走过的每一场岁月，皆在红尘轮回患得患失中徘徊，挣扎，放下。

　　千江有水千江月，万里无云万里天。此刻，只属于当下，只属于大自然，正绽放阳光般的笑靥。每一季的山水自有它独特的魅力与禅意，莫说梦中老去，叹落花流水，枉自清甜。

　　岁月静好，安然前行。透过秋的门楣静静流淌，不曾邀约，却不容错过。秋在云端，云在青山，我在天边。人生不求圆满，但求对生命的一份虔诚与尊重。

　　秋水无尘，秋云无心，秋色亦寂静着无言。喜欢着烟火人间，喜欢着灵魂的纤尘不染。游弋在时间之外，以绝尘的姿态望时光在岁月里剥离。就让凛冽的温情，裹着飞舞的思绪，飘向远方。

　　更迭的驿站，不变的初心，山水煮墨，在最深的红尘，与暖相拥。寻一方天地，一路走来，一路盛开，无须取悦，无须刻意，简单纯粹。做一粒微尘，做一朵小花，返璞归真，虔诚向暖。

# 终南山下，云水人间

终南山下，泉水淙淙，没有花香，依然有快乐的歌，石头更坚，远方更远，天更蓝水更清。倾心聆听，宛如古禅寺的暮鼓晨钟，袅袅荡荡在虚空穿行，驱散迷雾，醒悟离合。羁绊，流离，在一个浅笑里，只求落落清欢。

撑一把伞，手柄绽开光明，蔓延的温度，植入爱，在心里。蓝天，白云，飞鸟，远处的青山叠翠，诱惑着每一根神经，随风儿远航。烟雨红尘中，追逐那个蓝色的梦，静野幽香处，来路已渐行渐远，去处能遇几多坎坷？

穿过沟壑，将恩怨情仇踏在脚下。若有爱，石头悟出火，草木皆有情，万物生光辉。执善念，穿过尘土纷争，拂袖尘埃混沌之戒，写意不同烟火，一颗红心颜色，游走世界，大爱无疆。

爱是山也是水，长情心间。穿越茫茫人海，沐山水新绿，弦音袅袅，独留孑孓的影随风，无尘无染，衣袂飘飘。思人间，苍茫处，心奇空，杂念皆抛，也是多情最无情。

这是灵魂深处一片永不消失的净土，一支远笛，已听不到远去的繁华。一脉心心翩然明媚，跳跃生命纯粹的音符，顿悟一抹真如禅途的风光。万物有灵，人间处处鸟语花香，这一刻，岁月静美，刻骨深情丈量。

# 盛开在时光深处

前门大街，青石巷里，婉约旗袍的身影，幽幽怨怨，袅袅婷婷，一步风情，一步流连，清艳如一树温婉的梨花，静静开在时光深处。独倚栏杆，阅尽千帆，这景致，这神韵，就那么妖娆着，玲珑着。

一袭旗袍，半世烟雨，女人如花花似梦。感悟，生命之源，在不同的季节，不同的所在。秋月春红，梅花三弄，旧瓷新茗……携着岁月的底蕴，带着深深浅浅的心事，演绎着层层叠叠的故事，把婉约雅致暗涌，诉说着那早已过去了的光与影。

低眉婉约，似浅吟低唱，总有清风撩发丝。在北国演绎江南的旗袍梦，无论在霓虹里穿越，还是在烟火里行走，浑身沾染着怀旧清远的气韵，连同岁月原汁原味的斑驳，正从遥远的时光深处走来。

穿越悠长的时空，寻寻觅觅，丁香一样的颜色，丁香一样的芬芳，丁香一样的忧愁，如微云孤月，只能遥望那天涯的距离。心中有一个永不褪色的梦，如江南的情结，在时光中柔软着，妖娆着……是遥远的不可触及的忧伤。

华丽的转身，带着时光的剪影，光阴的故事，在平仄中找寻着生命的纯真与厚重。情与愁，爱与恨，交织于世间，像永不停息的河流，梦中的呓语。不是归人，心不倦，梦开始的地方，或淡或浓，曼妙玲珑。

今朝的酒，醉了今朝，昨夜的风，又吹醒了谁？抬头仰望，常常迷失在这缕薰香的风里，分不清到底是在怀想旧时光的味道，还是在怀想那一种现时代已然无法寻觅的典雅。唯愿不辜负，不蹉跎，只将光阴细细雕琢成清欢的模样。

情不知所起，一往而深，折叠的心事，低眉在时间最深处，在这悠长的巷里流连，忘记归途。曾有多少花朵寄情时光，红尘中回眸一笑已是几个秋。这个世界，能珍惜或在意的本已不多，有些美好，以最真最纯的心性守护着，等丁香花开，等飞燕归来。

# 岁月，在稻穗中生香

又是一年稻穗黄，几多清晨黄昏，稻浪层层叠叠，柔美缱绻，于阳光中蹁跹轻扬。极目远方，山如黛，叶如眉，秋收的稻田一片灿烂。就让自己，随着稻谷飘香，张开双臂，昂首蓝天，让思绪随着白云尽情飘逸。

喜欢一个人静静地望着满眼的金黄，行走在芳菲的流年里，带着一缕馨香。闭眼聆听淌过的清风，远远近近，深深浅浅，有花语，有过往，有思念……如烟如梦。风也好，笑也好，穿梭稻浪间，低低私语。

一声梧叶一声秋，一簇稻穗一簇黄。沿着狭仄的田坎，向着灿灿的稻田走去，像田野里的清风一般畅快，此时风露满肩，此刻秋兴正浓。岁月，在金黄饱满的情愫中，深情地绽放出淡雅的清香。

聆听秋的心扉，于稻香里化无穷的念想去追逐梦想，悠悠的，绵绵的，执于情丝，曼舞心田。秋之美，在于飘逸宁静，在于秋禅无尘，几分矜持，几分神秘。守候这份静美的时光，用一份懂得，在漫长的人生中领悟岁月的流逝。

秋，轻轻地来，轻轻地去，每个人都是人世间的过客，一切的过往都是一个过程，重要的是心灵的感受，以及过程中的美好。田野里，到处弥漫着稻草的芬芳和幸福的味道，那一株株饱满的稻穗充满着成熟的喜悦，人醉，花香，秋浓，情醇。

秋风又起，秋意更浓，情愫绵绵随心，浅浅的快乐，浅浅的欢喜。时光里，最好的安静就是清澈地做自己，让心静静地置于时光一隅，守候着心灵风景。回眸处，只求一份安然心境，美好如初。

# 赴你一场花开

从葱绿的春天，走过秋的丰硕，直至走进十月的薰衣花海，看山与山袒露心扉，与蓝天白云对韵。这紫色的浪漫，涂染着心中那片荒原，指尖弹落的芬芳，潺潺清爽。寻梦，向着香草更香处寻找，微笑，柔波光彩照耀。

花开，是一种幸福的领悟，自在摇曳，将从容的美好留在岁月。每一个季节的来临，都带着宜人的花朵，氤氲曼妙，明媚了彼此生命，温暖了红尘过往，在心灵放纵漂泊以后，重新萌生点点绿。

蓦然回首，来到了秋的渡口，用一生光阴编织的梦，在心间萦绕。生活原本沧桑，一枚厚重，便是生命的底蕴。花开是缘，倾情相遇，无数次牵动着的心弦，只是为了在红尘中等你。

看惯了花开，阅尽了花谢，已然淡若轻风。尘世的繁杂止于内心的平静，红尘的美好源于相安的淡然。把心安放在花海里，充盈着喃喃私语，守望着天涯咫尺的念。

一篮繁花，一抹暖香，在缘分的必经路口，缓缓俯身种下颗颗红豆，如水清幽的意念，在旷达无边的荒野里，屏息、洗尘。内心纯净，才能开出生命之花，等风摇香时，不再微羞。

阳光，紫色的情调，柔和成风中有你的香息。天空很大，不敢涉足，脚下没有云彩，怕迷失回家的路。将这一季浅浅的思，浅浅的念，交给风铃，花瓣，草芽。风吹弦动，蝶飞花落美于琴间，五彩缤纷。

琴声漫过时光，一簇簇花儿，在紫墨中绽放，风拂过，涟漪带着微笑。感谢缘分，陪伴才更加的漫长，远方不是很远的地方，是彼此能憧憬到的天涯海角，与美好相遇，一人一心，一花一叶。

此际的心情，与这灼灼之期的花儿一样，清艳曼妙，安静绽放。命运，掩盖了一扇门，定会打开另一窗。世间事，千姿百态，万朵花开，起落随缘，便是最好的圆满。

# 人事清风里，天心秋水边

秋，应约而来，年年春草色，岁岁伴秋长。踏草浅行，巷子窄窄，石径幽幽，一纸素心，一份情怀，过着平凡的日月，那盈盈的注目，自在不远的地方静静守候。人生总是在行，转过的角落微雨飘摇，回眸，浅笑，洗尘，听秋。

微笑向暖，轻衫薄裘，恰是初秋时节，有明艳之极、萧瑟之始的交替与纠葛。此时，思绪荡旋，在斑驳的阡陌蜿蜒潜行，穿透过往镜像，于仄仄的心念匍匐游走。慢时光，最好是在秋，寻一抹优雅芳华，寻一段款款深情，情燃爱碧，叶舞轻尘。

陌上花正开，陌上缓缓行，望长天白云收卷，看红尘沧海桑田。一腔妩媚爱意，弥漫眼底，欲敛还休，才下眉头，却上心头。娉婷而出，清净如莲，如隐匿于玲珑诗卷中的素心女子，轻柔微风里，携着野菊淡雅的殊香来。

寻一亩地，酿造山水小桥人家，季节变换中，花香旖旎的深处，回忆甜甜，静静就好。落花流水，天涯明月，追逐时光远去，挥洒一地清凉。人生无处不风景，何不从容淡定，在唐风宋雨中平仄有韵，笑看红尘涛起浪涌云舞花飞。

远方的山，远方的水，鸿雁飞去的地方，痴痴地等。回首前世之诺，盼得今生相逢，微笑着在清波萌动的岸边，蘸一株花香在心上，悠悠地行走，如蝶翩翩飞舞，如花嫣然开放。碧海青天日日夜夜，秋声雅韵岁岁年年，澄明天地之间，不羁不累，从容度日，与山水共清欢。

# 风吹过的秋天

喜欢走进这绿色的世界，看山桃枝摇，听秋虫呢喃。从雁来到雁返，花开一江春水，叶落一夜秋风。有人说，生命是一趟旅程，每个人都在沿途风景。回首处，梦过嫣然，一阕幽思，风驻眉间。

寻觅一片蓝天，清澈，稳重，心中独有，永远存在。捻一指清风，天地纯净博远，趺于草地，立于荷前，匿于树上。凡来尘往，只道寻常，最美风景不在远方，是在这人世间。

秋风消瘦，瘦了年华，醉了过往，也朦胧了双眸。一篮花香，在浅浅的风里散尽千层愁，远山近水披上金缕玉衣。借一把油纸伞，找一些花草的清香，把山水收藏的画卷，看作他乡里的故乡。

落叶缱绻，琴音微寒，断桥烟雨的诗句，蔓延成了萧瑟的边缘。唯看秋风入定，细数岁月阑珊，年年秋景里，把欢颜挂在季节枝头，拥一束花香，让淡淡人生清澈如水。这一刻，岁月静美，已听不到远去的繁华。

让风轻轻吹来，守着心里初梦，携如水的心境，觅寻一方清凌无尘的绿地。微风拂过，清香飘至云空，花瓣里深植的那份情愫，又添了一层淡雅和透明。无论哪一个季节，心中都有花开的声音。

# 丁香花开

漫步校园，静听繁花香至，一树花白，芬芳流韵。随心灵捕捉，随足迹轻快，随湖光，随山色，随鸟音，随流云，在满树片片的洁白中，诠释心灵，诠释负累。 对岸翠翠垂柳，袅袅婷婷，错落有致，心与心对白，无红尘纷扰，无世间虚情假意，只与白云依傍山水潋滟碧波，这般，写景，写心。

生命来到了秋的渡口，长也不长，短也不短，激情与惆怅，在心间萦绕。任时光发芽，晾晒阳光，一履一轻纱，一印一芳华，每一步人生过往，素白的纸笺上留驻了多少故事。愿做一叶轻舟，寻觅在水一方，呼吸自你走过的地方，荒芜都植上一浪一浪绿意。

倾心岁月，丁香花开，从生命源头起航，伴着四季轮回，心挽着风尘的足迹，悠扬着诗情的味道，情出心海，笔祝苍生。镌刻一阙花事，云集沧海桑田，迈过岁月的河流，守着那份执念，舒展着陌上经年，暗香涌动，静美在时光里。

舞动裙袂眺望，心中情影如月，曾经的懵懂还在柳梢头。依稀，路边的柳树歪脖张望，努力倾听，夏蝉凄鸣，惊了花的梦，忧了鸟的情。若，你懂，独奏一曲，等你花开并蒂。

在每一季的花开花落，叶绿花白秋黄的岁月里，数点点记忆，婉约，娇媚。夏风，剪不断情深，秋雨，寒不了温热。婆娑如影，望眼烟波，只盼咫尺之间，会有浓郁的芳华，尽染千言万语，芳菲绽开，温情，留心，意情绵。

# 一卷诗书，秋水长天

风吹一片叶，万物已惊秋，放慢行色匆匆的脚步，倾听秋叶声音。看天上云彩，看树影婆娑，无拘无束的风，枯荣有序的叶，在水墨淡香的世界里，宛如跳动的音符，唱着秋天的赞歌。

穿过丛林拽着裙袂，松涛阵阵，溪水潺潺。携一卷书，行走在秋日的午后，阳光潋滟，透过密密匝匝的枝叶细碎地投射下来，深浅纵横，光影幽微，静谧的，如一首诗，如一阕词，如一串串琵琶弦上诉说的细细思语。

风起的日子，听落叶走走停停的脚步声，于忙碌中得半日闲暇，静坐读书。都说人生如梦，那藏在心中的念，到如今还时时微漾心田。滴滴点点深深浅浅如诗如画的美好，缠在温暖的指尖，搁在心灵最深处。

静默如深，墨色晕染光阴，氤氲的是书香，是如斯美好的年华。醉盈千千意，心有千千结，读一卷秋水长天，赏一方风轻云淡，照见心底的每一寸荒芜。几多柔情，几许思念，蒹葭苍苍处，寻一袭轩昂身影，寻一抹优雅芳华。

草长莺飞，杨柳拂堤，愿折柳成笛，袅袅于天地之间，让一场花开的宁静，温暖苍凉。或聆听于草丛，秋虫呢喃，轻柔温婉，感受着每一个平凡而闪光的日子。生命在于且行且珍惜，且坚强且柔软，且淡然且执着。

在这个静谧的季节里，在与成熟相遇的地方，满眼绿意，翠色浮空，如一团化不开的浓雾，素白清心，无尘无垢。秋天的风，正一缕一缕从时光的缝隙灌进来，柳絮飘飞，漫天淡黄诉说着流年隐隐的轻愁。

当枝头的叶子被阳光染成云霞，就是启程的日子，远行，登高，寻梦。一片山崖，一缕炊烟，几点云影，再过不远处，就是白云生处的人家。趁着秋日的温暖，去看世界的辽阔，去触摸高山的繁星，去呼吸草木深处的清冷。

雁北来，雁南去，过春风，度秋雨。岁月，总是不起眼中回放，淡然相处的时光，慢慢喧嚣轰然退却，于生命的最后，一世长安，一切皆空。人生漫漫，请当作细微的波浪，寻几分宁静，生活，一路芬芳。

# 踏秋而行，遇见更好的自己

踏秋而行，在这秋水长天的清澈明净里，邂逅一季灿灿的风光旖旎。那低眉含笑间的呢喃细语，温婉了寂寂无声的一枚枚飘零，微风拂过，吹皱了一池秋水。

湖堤杨柳，摇曳的枝条，编织着一帘帘幽梦。静静地望着前方，秋风款款走过，落叶带着秋意，轻轻落在肩头，不去感叹时光匆匆，白驹过隙，唯有珍惜一季暖阳温柔绚烂。

青板石桥，拾级而来，是谁翘首在等待。一路的失去，一路的又在拾起。一路的悲伤，一路的又在欢喜。山还是那山，水还是那水，日子朝朝夕夕，年复又一年，一颗初心，一片纯真，从未改变。

暮色向晚，倚立湖畔，水潺潺，情深缱绻，没有喧嚣，没有杂念，唯有一种返璞归真的舒畅，人生的最美，便是来自心灵深处的通透与清欢。

深秋之美，美在静默，美在收获，正如生命，经过了磨难，经历了岁月洗礼，才能赢得硕果累累。人生如寄，飘忽若尘，与绿水同行，同青山为伴，全身心地融入内心深处，只为遇见更好的自己。

踏秋寻美，留存于衣袖间的淡淡幽香，心性淡洁，不必迎合谁，只听从己心，在光阴的凝聚里，用平和的眼神审视着流年走过的悲喜，感悟风景，遇见幸福。

# 又是一年秋草黄

清秋旷野，西风轻拂，又是一年秋草黄。溪水岸边，草间穿过飞鸿，微凉的心事，随云起风落。遥望前方鸿雁行行，执着的脚步追着梦想，心却留在这片获花似海的云空。

一丛丛秋草，一丝丝秋风，漫山遍野，轻舞翩翩，那灿灿闪亮的样子，是岁月的足音，是风干的记忆堆砌，是掠过的风景远去，深浅留痕，斑驳锈迹。

秋风凉，秋草黄，风景辗转，季节轮回。携心底那一抹温馨，一路暖意，丈量远方，或思，或念，或想，或忆，眉间心上，如梦缱绻。

恬静，淡雅，恋上了这秋的宁静清澈，也恋上这秋的似水柔情，在落英缤纷间，苍茫如梦，飘逸若云，系着一缕缕思绪，随风飘向那渺渺的远方。

素洁，飘逸，以寂静从容的姿态缓行陌上，千山暮雪，初心如昔。在轻盈水湄的流年里，掬一枚相惜的柔情，静待冬天，静候春暖花开。

轻拭经年过往，往事洇染成殇，浓的风，清的月，浅的妆，淡的眉。欢喜着这清澈安宁的日子，轻轻匍匐于光阴的纵深里，真实，温暖，从容。

# 芦花舞秋

秋风瑟瑟，芦花翩翩若雪，一簇簇，一丛丛，在阳光下映出亮丽的光泽。似花非花，似絮非絮，轻轻地飘进湛蓝的天空里。

飘逸，灵动，轻柔……从春天的倩影婆娑，到夏日的苍翠挺拔，再到萧瑟秋风里，轻舞的芦花，吞没了浪花、心花，浪迹了天涯、生命，载走了秋水、帆影。

碧云天，清风起，深深浅浅，浓浓淡淡，向往着这一份宁静与安详，听内心悸动，听草木低语，听山水吟唱。

静美，旖旎，阑珊，诗意几许，落叶几重，思念几多，醉了心，醉了情，也醉了整个深秋。

青黄相接，芦花飞絮，以最绚丽的姿态绽放。不悲不喜，不来不去，淡了心境，浓了情怀，也柔了画卷。

一颗素心，洁净，素然，不以颜色媚于世，不以奇香惑众生，朴实无华，不争不辩，愿有岁月可回首，且以温柔待此生。

# 银杏染秋

金黄的银杏独傲枝头，斑驳的树冠画满风景，透过罅隙的阳光，温暖一季的感动。如果，秋思是一缕清风，我愿意和漂浮的落叶为伍。

漫步于悠长的林荫小路，任穿越缝隙的阳光倾泻，脚步紧随着沿途中的零星光点，寻觅着一片深受阳光爱恋的地方。如梦，如画，沁沁微香，秋水长天。

片片落叶，像潜入梦里即将老去的蝴蝶。秋风染黄，便是岁月，掉落，便是时光。草木之心，爱之怜悯。珍藏一份懂得，旅途匆匆，只是一场得失兼容的路过。

走过繁华，走过冷寂，这一路走得太忙碌，匆忙中，都来不及触摸光阴的脉络，于是，就期待着这个秋天，脚步能慢下来，好好地看看风景，细数光阴的故事。

是谁的脚步，那样的轻盈，如轻歌曼舞，踏碎那片荒芜。光影下，驻足，停留，读不尽哲思短语。千里之行，始于足下，脚踏实地，源于心灵的宁静。

秋风吹过枝头，在沧桑的枝叶，写下秋的诗行。金黄的银杏叶，一地苍穹。草间，落叶。青黄，映照，说不出掩藏的诗意。

几度花开，几度花谢。几番月圆，几番月缺。季节辗转，摇曳岁月深处的冷暖，拾一枚岁月的浅笑，于平淡的日子里，放逐一份心情，还灵魂一份洒脱。

银杏染秋，爱它凋落后的本色，爱它平静自然下的幽静。看远山依旧葱绿，给自己一个取暖的方式，以风的执念求索，以叶的姿态恬淡，将岁月打磨成人生枝头最美的风景。

# 红叶醉秋

又是一年深秋至，枫红叶落，思绪在心田漫延，想捕一缕秋香，却无处收藏。每个人的心里，都有这样一座城，那里安放着无数的心语心声。

树影斑驳，叶落纷纷，一路的繁华，消瘦在秋风里。时令的变换，草木的荣枯，都是这般匆匆。一颗心，风里雨里浸泡着，竟也开出一朵随遇而安的花朵。

柔指步履间，有一抹拂之不去的温婉情怀，有一缕不可抗拒的云淡风轻。远离浮躁，渐渐变得沉默波澜不惊，向往一种简单而质朴的生活，用一颗心去品味生活最真的味道。

深秋，以独特的色彩，为季节染上含蓄淡雅的色彩。远远望去，是一片红色的云雾，红得烂漫，红得淡雅，红得圣洁，如烟如纱，仿如一幅空灵的水墨画。

长天一色的秋浓深处，纯净、辽远、清新、婉约，漾动着别样的风景。在冷暖怡心的秋色下，红枫簇簇，漫香清幽，如此丰盈饱满，散发着醉人的静美。

"最是那一低头的温柔，像一朵水莲花不胜凉风的娇羞……"情在指尖上婉约成文字，一字一句，温润成虔诚的思语。风起，秋叶落满肩，禅声渐远，长风浩荡，薄衣不胜寒。

光阴的起落，再丰盈的景色，也逃不过一叶叶秋凉。岁月本无多，这世间原本就没有永远的山河。秋风吹，吹不散悲欢过后的洗尽铅华。只希望有一份细水长流的陪伴，有一份能藏心的温暖和安稳。

时光载载，岁月如风，远去的是生命的脚步，留下的是人生的印迹。

总喜欢坐在深秋的暖阳里，在烟火深处，品读最后的秋天，总觉得这样会离温暖最近。人生，是一趟美好的旅行，心存善意便会散发着淡淡的清香。

花开嫣然，花落淡然，纵然是水尽山穷，叶落成空，岁月依然可以风姿万种。揽一份从容，将日子过得活色生香，在途经的光阴里与温暖相逢。

时光的渡口，拾一叶秋心，与秋别离。只有告别昨天，脚步才会轻盈。生命经历的不管有多繁杂，到最后念念不忘的，只有"简单"。

# 邂逅，咖啡时光

阳光明媚的午后，坐在靠窗的位置，一只慵懒可爱的小猫，一只憨态可掬的小狗，一瓶守护幸福的秋菊花，一杯浓咖啡，一首轻音乐，一本书，与美欣喜相遇，静静的，倾听时光的足音。

秋风消瘦，瘦了年华，暖了经年。那一点流淌在岁月中的嫣红，醉了过往，也朦胧了双眸。冲一杯咖啡，静静地品味，饮尽往事的沧桑，饮尽世间的遗憾，饮醉时光的美好。

菊花幽香，在浅浅的光阴里散尽千层愁，枝头摇曳的那些碎影，是念想，是离愁。取一隅静思，嗅闻篱菊清芳，时光的声音里，浅浅的念，却深深的思，一缕心绪，山长水长。

端起杯子，轻啜一口咖啡，入口细腻顺滑，苦而不腻，透着醇厚的芳香。那芳香，经过时间的淬炼，暗香旖旎，驻留舌尖，是灵魂深处，盛开的诗行。

一抹阳光，一段情长。任思绪在时光里停留，蓦然回首，众里千寻的叶，随风远走，岁月的长河，在静默中流淌，想象的故事，落在墙上，与秋对饮，影长，影短。

窗外有一幅画，远山清浅，绿树葱荣。窗前有一颗心，落落虚无，明净离尘。念，沿秋风攀越小桥流水人家，枯藤老树的风情里，倚窗台，蹙蛾眉，静静守候，曾经，现在，未来。

从暮夏到深秋，那杯阳光雨露煮沸的苦咖啡，氲香依旧。嫣然浅笑，寻觅一份那年如秋清宁，无言、无语，用细细的心思，去聆听，去研读，去丈量天涯海角的距离。

静静地一个人，一杯咖啡，足以告慰城市的风尘，是一种生活的享受，是一片宁静的享受，暖情，暖意，暖人，暖岁月。因为懂得，一切美好；因为存在，温暖相随。

# 和花海有场约会

繁花丛中，驻足，凝望。秋花不比春花落，剪一段时光作序，轻描淡写着流年与光阴的故事。花朵私语，秋风低唱，此起彼落相互缠绕，在寂寥旷远的天际间，开成一片花海。

风轻轻地吹起，云静静的散去，张开柔柔的双臂，把七月的风景拥抱成过往的美丽，在八月漫天的姹紫嫣红里，将秋天的心事，悄悄地，一叶叶红起，又轻轻地，一片片飘落地。

不是所有最美的绽放，都在春天里。有些了悟，总要迟疑地开在秋季。站在秋风里仰望，如朵朵灿烂的小花，跌落在纯澈的心海，荡漾起涟漪，缕缕清香，溢满心房。

当花开成海，当阳光倾城，一袭身影，一个故事。于红尘中，能无所谓得失，于世俗里，懂得释怀恩怨，走一路芬芳，一路人生。

不知坎坷，焉知，秋意深。那个踏香而来的身影，浅尝了春风细雨的柔情，观赏了蜂飞蝶舞的浪漫，见证了夏日阳光的火辣，等到了瓜络蒂熟的收获，这一场秋变得美丽，是岁月。

一花一世界，一叶一菩提。佛说：坐亦禅，行亦禅，无穷般若心自在，语默动静体自然。捻一片，美美地遐思，拂面，拂手，拂心，有爱从心牵起，徐徐。

# 放一段旧时光在心弦之上

时光冉冉，岁月悠然，走进前门大街，走进时间搁浅的老巷，别样的轻愁，润湿了眼眶，是回归，还是寻找？而今，繁华终是落尽，斑驳了时光，也斑驳了院墙。

安然走在这红砖青石间，褪去一身浮华，濯净尘世驿动的心，让灵魂追逐往昔的步履，听听清浅至纯的呢喃，向远方眺望，那里有云、有诗，还有梦。

没有丁香，只有一把油纸伞，走进这悠长悠长的雨巷。淅淅沥沥的朦朦胧胧，敲打着窗棂、路灯和眉眼下的心事。人生漫漫，有风，有雨，请当作细微的波浪，寻几分宁静，生活，一路芬芳。

秋风来了，片片落叶挽起殷殷旧梦，让人醉在诗词的秋意中，一片冰心在玉壶，途经四季冷暖，守着自己的烟火，心不染尘，情不染殇，在浮世中清澈着、淡然着、温婉着。

是谁拉一曲哀怨的悠扬，在寂静无人的深巷，是谁推一扇闺阁的门扉，摘一把星辉存放在心上。光阴浅浅，年华如梦，一笺心语，一眉眷恋，在素色的时光里，温柔着旧时的清颜。

墙壁斑驳，青藤曼曼，一条老街，阅尽众生无数。逃不过月影下的风霜雨雪，而留得住岁月流逝的长堤短亭，在那移动了的昨天，还有这不断迈进的今天！

前朝风，今世雨，任百载繁华，浮云眼底，一袭白衫于此，一袭青衣在彼。年华在花伞中浸润，叠印出那年那月民国风的多少情愫，牵梦飘过了苍茫回忆，光影间，留有一笑轻盼，渐行渐远。

# 行走的路上，遇见秋天

时光辗转，秋韵正浓，那一缕缱绻如诗的秋景秋意，璀璨着一份或美好或残缺的梦境，无尘无染，如烟如梦。轻步在这绰约多姿的季节，回眸，浅笑，是清欢，亦是美好。

铺十里黄粱，渡一场红尘念，让梦里花开的远客，随缘聚散。喜处不言花有期，惜处不问花何往。静，于喧闹浮躁的尘世间，于姹紫嫣红的季节，便是心曲。

树影斑驳，一路繁华消瘦在秋风里。不与风同语，不与花痴缠，只将清美，写进秋的诗行。总有一种美，惊艳了时光，温暖了遇见，在光阴深处，落地开花，成全着千回百转的暖。

悠悠水岸，醉意阑珊，一棵树是景，一丛花是景，一座城是景，一个突然间闪过的念及也是景。低眉含笑间，秋声喃喃，句句是柔肠，这么远，又那么近。

相逢，是一种诗意的美，携着温暖，带着情意，赴一场时光的盛宴，在文字里相依相惜。一人与世界，一树与菩提，说与不说，时光在，心就在。

行脚下的路，一尘，一砖，一草，一木，是初见，还是重逢？初见惊艳，再见桑田，似一段遗落的旧梦，在泛黄的旧时光里，找寻前世今生自己的样子，不痴迷，不遗忘。

# 清秋，绽放成一树静美

生命在四季的更替中日渐繁华，又日渐殆尽。世间百媚千红，独爱这一季清秋的静美。

在季节的拐角处婆娑，守一颗真挚柔软的心，温婉呵护好自己。柔软的心是一座城，藏有落叶，一簇花丛，还有那些来自岁月的点滴。

笑看花开是一种心情，静赏花落是一种境界。简简单单，看山是山，看水是水。欢喜着遇见，遇见更好的自己。不惧岁月，从容优雅地与岁月同行，定能让时光温柔相待！

低眉，依风，抚一弦清音，任心语，在浅秋的原野里悠长。独坐常忽忽，情怀何悠悠。背倚斑驳的岁月，漫步时光回廊，倾听心音袅袅。

沉浸，熏染，撷一袭幽香，让心梦，在柔美的季节里起航。轻拾一枚枚心事，等待千帆过尽，追逐一城涌来的涟涟，储蓄一阕阕静好。

无意追寻，那繁华疯舞的岁月，唯留一颗执着的心，在深秋，痴痴傻傻地守望。心中素简，是淡淡的，淡在荣辱之外，淡在静好之间，让那风，那叶，那明媚，都婉约成丝丝柔情，绽放于心。

独赏这个季节的景致，有一种淡淡的轻愁溢上心间。不远处，那还挂在枝头的落叶，在秋风下，等待着又一次的轮回，孕育着下一场春暖花开。

漫卷红尘，掬水揽月，心境臻于清远。让落叶的碎片和夕照的余晖，一天一天的重复，把盏岁月的真，人生的善，生活的美，落款每页秋里。

# 秋意渐浓，醉意阑珊

沐浴阳光，蝉鸣渐止，夏未行远，已至浅秋。在浓密的斑斑驳驳的树影里，寻那一树与草的密语，找寻每一行浅藏在韵脚里的情意。

"渐行渐远渐无书，水阔鱼沉何处问。"有些路，走过了，就是一段记忆。有些风景，与目光相遇了，便是最长情的陪伴。

漫步在幽静的小路中，与漫天秋色相遇，醉在此时的风里，将一颗宁静的心归于自然。就这样，静静地思，给时光一个浅浅的回眸，给自己一份微笑从容。沉淀，馨香；念起，温暖。

于静谧中聆听花开叶落，于绽放中感受生命轮回。热爱美丽，但却崇尚自然，寻找快乐，却依然守望简单，也即如此，云卷云舒的怡然，才觉出最真，花开花落的洒脱，才品到最美。

有些故事已结束，有些故事则刚刚开始……尘在，尘过，尘飞，尘扬，却依旧还是尘，不同的只是看尘的心。在时光的枝头，将自己站成一道独立的风景，守望岁月，默默期许，希望，在流年里许一处清雅的环境。

树影婆娑，扫落往事片片。浅秋如禅，空明、静谧、庄严、纤尘不染。风吹叶落，轻舞飞扬，扔掉一丝浮华，回归片刻宁静。秋意浓，醉人心；秋意浓，知人心。

"心中若有桃花源，何处不是水云间。"在晨钟暮鼓里直抒胸臆，于闹市中沉淀出一份宁静，于纷杂中梳理出一份诗意。秋意渐浓，用秋的诗句，埋下永久痕迹，最后一片落叶还是你。

静守阡陌，踏花拂柳。尘世中，不是旅途漫长，而是心路遥远。心在天涯无咫尺，咫尺之心在有涯。心在彼岸，灵在此岸，便无岸。

不如追风去

路边的小花儿，经过夏的喧嚣，已变得不再张扬，草儿树儿，因风的洗礼，也逐渐含蓄、丰盈起来。一花一树一风景，一季一秋一风凉，只剩下了，一粥一饭的平淡和一茶一水的简单。

浅浅的风，淡淡的云，一切都那么美好。走过炎热的夏季，悄然进入初秋！苍苍蒹葭深藏着一抹思念的蓝，一片落叶渲染了秋色，一季落花沧桑了流年。

一花开一叶落，是对世间万物得失之道的诠释；一风吹一水清，是宠辱不惊去留无意的心境。选择不了生命，但可以选择走过生命的方式。做人要几分淡泊，清风细雨，同样有韵致，有诗意；做事要几分从容，俯仰之间，依然洒脱，依然随意。

# 人如菊淡，般般入画

柳岸，花地，凝眸，一片清秋。仿佛流经诗里，步入画中，无数次阅这里的春夏秋冬，在诗情画意中变换着不同的心绪。漫天静谧，那样静那样柔软，穿过岁月沧桑的过往，凡尘里的冷暖朝夕，若思，若念，若来若去。

落花无语，留香阵阵，一念浅喜，一念深爱。脚步，一轻再轻，在最低的一朵羞涩前驻足。内心澄明，淡雅心性，留下无名的因果，带着清澈的梦，在闪闪摇摇的光阴里走过繁花如许，寻找着自己的情怀，安静美好，不问尘寰消长。

漫步，在路上，追寻更多的人生风景。风华只是一指流沙，不褪色的唯有心灵。随意，或者经意，有情，或是无情。心中的那片波斯菊，如帧帧思念，一瓣瓣念念不忘的花语，深深浅浅，斑斑驳驳，寂寂地走进这寞寞的秋天里。

每一个不曾起舞的日子，都是对生命的辜负。人如菊淡，淡在浮华之外风骨之内。素衣浅裳，听风，赏雨，守一方自己的晴空，随心、随缘、随性。

有一种美，经历岁月的绵延，它绽放了，不早不晚恰恰刚好。岁月怀揣的轻叹，在诗行里行走摇摆。离去的，都是风景，留下的，才是人生。生活，是煮一壶清风，醉了欢喜，也醉了忧伤，有心同，有语暖，有美好，是心灵的伴。

一切都念念如初，但我们仍匆匆错过。这世界上，走得最急的，总是最美的风景；痛得最深的，总是沧桑的心。将满怀的悲喜哀愁，过滤得澄澈透明，凡尘不染。心海茫茫，航灯不灭；心岸遥遥，寻觅不止。

不如追风去

# 素心似葵，向阳而生

八月的风，飘着微醺的味道，从浓绿的夏日飞到金黄的初秋。更无柳絮因风起，唯有葵花向日倾。漫过花海无边，岁月的光阴说与自己听。

明媚的阳光映照金色的面庞，江岸的清风吹来花草的芳菲，这一片花海呈现着朵朵葵花的笑靥。一念万亩花开，念念的心，芳香颤动到心尖。

沉默走过花落与花开，擦肩的过往早已被岁月沉淀成风景，流年的苍茫把时间定格成一首尘埃的诗词，于是，总想把一切都遗忘了，一个人安静在时光的背后。

深深地走进土地，走进美丽的天空，站在岁月枝头放牧心灵，那是深深的根，烟与火不断，花与叶不衰。抬头，仰望，至东而西，日日夜夜，不与世俗相争，不与喧嚣同步，掬一捧诗意，握一份懂得，盈一眸恬淡，行一程致远。

置身在向日葵的海洋，人生中的每一个微笑都是一朵浪花，在阳光倾城的日子里，用自己的方式，绽放着生命的温暖。心，永远微笑向阳，追逐着阳光，直到生命枯萎，季节凋零。

无惧风雨，无畏前路，在每一个清晨用笑脸迎向东方。最美的年华，花开最美，心依暖阳，依着一份快乐。一个人，一段旧时光，在有情的岁月，聆听平淡的味道，守一颗宁静的心，且歌，且行，且暖。

辑四　人生最美的姿态

# 等风来，不如追风去

万物寂静，岁月将之洗礼成一片废墟。此时，炊烟起，挽不住黄昏愁绪。回望来时路，远远的天涯，灵魂在空中瑟瑟飘悬，那些搁浅的心事，不安分地在空中轻轻叹息。

生命，就是一场虚妄，于无声处，倾听凡尘落素。经年过往，每个人何尝不是在这场虚妄里跋涉？红尘、沧桑、流年、清欢，独享一个人的时光。

听俗尘音，感万物静。或安静或浓烈，或寂寞或璀璨。那些天真的、跃动的、抑或沉思的灵魂，在繁华与喧嚣中，被刻上深深浅浅、或浓或淡的印痕。

红尘三千丈，念在一心间。人生，原本就是风尘中的沧海桑田，只是，回眸处，世态炎凉演绎成了苦辣酸甜。希望、失望、憧憬、彷徨……心之所往，便是驿站。

一抹浅笑，万千深情，尘烟几许，浅思淡行，喜欢这种淡到极致的美，款步有声，舒缓有序。于时光深处，虽历尽沧桑，仍含笑一腔温暖如初。

在生活的海洋中踏浪，云帆尽头，处处别有洞天。盈一处领悟，收藏点点滴滴的快乐，透过指尖的温度，期许岁月静好。

# 云水禅心，梦里水乡

走出一座城池，却把心遗忘在这里。青山隐隐，绿水悠悠，苍穹烟雨蒸云梦。把如水的思念洒向远方，轻轻地，在天涯的两端。云的憧憬，水的爱恋，是这岸边一道最靓的景。

时光易老，情易浓，喜欢听远处的钟声如新。空山鸟语兮，不与繁花争眷顾，以风的执念求索，以莲的姿态恬淡，驻足静默，修炼心灵的菩提道场，临风，听雨，煮酒，问道。

做一个云水禅心的人，在纷繁的尘世中，让日子过得清净简单。风轻云淡的日子，于老旧的轩窗下，看一朵白云飘过，很轻很轻，落地归真，悟心于大静。

人生的最美，来自心灵深处的通透与清欢。一壶酒，一首曲，让心宁静，于余音袅袅间，细细体味人生真谛。不一样的世界，不一样的了悟，尘嚣远，浮华倦，世味淡，悟清欢。

相由心生，境由心造，有开心自在的本性，见山是山，遇风随风。风月花鸟，一笑尘缘了，放下几多尘事，拈一朵禅花，心念间，或水，或云，或雨，终是信念如一。

万物守恒，生生不息，生命中没有极致的完美，心境的成熟，来自心底的一份坦然。生于俗世，随和于自然，与山水相依，喧闹世界就会与你无关，回归最初的简单。

在涧谷间轻酌的那一壶酒，是流溪清泉酿造的花骨玉露，是尘沙淘洗之后的碧空白云，是向晚的余霞，是幻梦里最真的自我。含泪微笑，浅行静思，一切的苦难如风，轻轻掠过。

南柯一梦，空老山林。且将无常当寻常，将有相当无相，似流云来去自由，纵横尽兴。在清明简净的日子里，萧萧竹叶，悠悠白云，让一切淡淡地来，也让一切淡淡地去。

# 长袖善舞，翩若惊鸿

簌簌风华，欲寄离愁，半生等谁回眸？穿越时光，捻碎流转，在最深的红尘，隔着距离，任想念自由摇曳。遥望，是千年注定，也是永恒的美丽。

团扇摇摇，星斗漫天，许一生凝眸，慰半世流离。沿着阵阵编钟，寻求如玉容颜，在黄金的回廊，再看那花开枝头泣露的芬芳，雁字回时，唯愿，风住，尘香。

最初的梦想，初心停驻，熟悉的来路，熟悉的身影，在生命的风景里，蕴含着许多欢喜与眼泪。远去的尘烟，洒在眼角，婆娑了思慕的天路。

一纸墨香，书我长情，似在诉说一曲"美人如玉剑如虹"。万丈红尘中，轻挽素色薄纱长裙，翩翩舞起《霓裳羽衣》，只愿隔着迢迢天涯，共握一份懂得，琴瑟相和。

多少过往云烟，从心间悄然滑落，徒留下满径芳菲，独自成殇。眉清，玉秀，口含樱桃，楚栩的目光里，一丝无邪，摇落繁华，流年打马而过。

风起树摇，月色清凉，为你独醉，落泪理红妆。只把念想，化为一曲衷肠，守候着拈花一笑的默契，眼神缠绵，微笑依依。

别说蛾眉弯弯，含蓄可如深潭。时光如云行走，经历了冷暖交替的感知，放下是从容的优雅。天涯不是距离，待到清秋枫红时，煮一壶相思等你。

小路新树，倒映朝朝暮暮，那许事经年，青丝瀑肩，隔不断的阑珊。广袖纱衣，风乱长发，放下所有，把心灵交给上苍，另一端才是生命的皈依。

　　花开是缘，倾情相遇，过客来来去去，影子叠叠重重，仿若繁星踏水而来。霎时的绽放，霎时的成尘，追逐梦起的地方，安静，微笑，在阳光下，亦如从前的洁净。

# 人生最美的姿态

　　远去的日子缓缓漂泊，欢乐与苦涩，记忆犹新的感觉唯美。远离喧嚣、浮躁的宁静，与自己的身体对话，沉静内心的声音。呼吸之间，开启属于自己的宇宙。冥想之中，发现本真的源泉。满足、喜悦、安宁，优雅悄然而至。情绪、肌肤、心灵，一呼一吸之间，可闻桃香，可听梵音。

　　舞韵者，谐和着旋律，灵动着身步，肢体在旋律中超凡脱俗。我低，我低，如同一粒沙，将身体，将灵魂，低到尘埃，了已空无。每一颗瑜伽的心，都有一份无法代替的情愫，在简静的岁月里，浅喜深爱，相安各好。

　　红尘中，自有修身的道场，等一等灵魂，轻易抵达不是我的远方。没有伸手可得的美好，唯有执着坚持，才会温暖向前。一种力量的呈现，在于耕耘者的规划与勤奋，使得曾经的荒芜之地，变成日月可见的林海听涛。

　　出尘落落，傲骨虚怀，幽篁里独坐竹轩。以梦为马，再不惊波澜，时而心近，人远，时而人远，心近。身姿如水，抚慰心灵，容纳百川，随着音乐恬静，沉浸在平和宽敞的心灵空间。欲净其土，先净其心，随其心净，即佛土净。

　　在这里，领略山高水远的清幽，每一个目及之处，都是那么的美好。珍惜这四季更迭的轮回，经历了绽放，凋落。顺光是风景，逆光是风情，瑜伽的世界是纯净的，心灵于这美好的境界缱绻眷恋。静思淡悟，纳海听风，一切美好驻足，集万千风韵，陌上花开，缓缓归矣。

　　有一场开始，就有一场落幕。听泉水淙淙，任苦乐悄然随风，空空无大千，唯气节处是境，在虚妄意境中独舞。呼吸，无声胜有声。体式，无力胜有力。冥想，无念胜有念。人生，柔弱胜刚强。缘来不拒，境去不留，静若清池，动如涟漪，继续在这暖暖的寂静中徜徉。

心静的没有一丝波澜，灵魂在自由中飞舞。静坐中，身如山，心如水。体式中，身如水，心如山。在经年中前行，每个人都是行者；在岁月中跋涉，每个人都在修行。大千世界，繁华无数，求无止境，看轻，看淡，看开，看透，看懂，才能简单。

# 清荷初绽，禅音轻起

清荷初绽，禅音轻起，走进庭院深处的这座避暑园林，静静触碰着这里的一砖一瓦、一草一木。岁月，滴落怀中的柔肠，细细品味装满寂寞的边缘生出紫色的花蕾悠香。

天涯这端，把秋水望穿，那欲说还休的唇畔，呢喃着一首首念念不忘的诗篇。念起，一半欢颜，一半眷恋，不论深浅，便是这一眼的萍水相逢。

如蝶舞，极尽风韵，不奢求，会在一朵花间皈依，只张扬美好，舞出一程入骨相思。葱指轻轻拨弄发丝，回眸，浅笑，触摸岁月的温情，点点滴滴，在指间盛开暖意融融。

掬一捧盈袖的凉，点燃红墙绿瓦下烂漫的梦影，用平仄染绿伞钩上倒挂的万种情思，目光向远，掠过初夏繁花开处。想念，是亭台楼阁间的一次瞭望，映着新绿，每一个安静的绽放，都化作了一园的幽香。

静静，凭栏眺望前方，让明媚开成夏花的灿烂，静坐流年，真正的守候是心灵的美好！心思，婉转在落花的窗台，几分清喜，几分轻盈，一抹浅笑，恬静而安暖。天涯远兮西窗暗，浅齿朱唇，轻托下颚，让思绪淡淡地飘。

# 一夜禅花满衣

微风拂过，落叶满天，犹如一只只黄蝴蝶，翩跹起舞。轻重、浓淡、疏密、干湿，在婆娑的阳光下变化万千。一地的金黄，幻化成一眼的灿烂，满心的思绪，如蝶翼之薄，在念与不念之间。

道可道，非常道……读着高深莫测的经卷，品着清净无尘的世界，回望走过的山水，有希冀，有无奈，有错过，也有悲喜收获。道本无形，无象，无声，无界，苦行中隐寓大欢乐，觉悟里拥有大自在。道，在心，亦在自然。

巍巍庙堂，袅袅梵音，一部永远也参不透的《道德经》，只容肃然凝视，只容意念至诚。一扇一经卷，一衣一葫芦，在山水间上下求索，在西风古道中苦行。问心，问道，问仙家老祖。

拂指拈花，浅笑盈盈，仍愿做一颗忧郁的石子，风寒轻拢烟雾，目断不知归途。看道观清穆，赏竹影轻舞，察古树参天，于云蒸霞蔚间而得自在，于雨露甘霖里悠然徜徉。有此等美景，谁人不羡慕向往。

千山隐隐，云水茫茫，皆为那一刻一转身一回眸一痴念。只因有了这滚滚红尘，层层叠叠的思维芥蒂，于对错尽善而尽美。心存善念，行止修善，道之于心，无愧于心。所以隐，所以博，所以纳。

知道，未必懂道；懂道，未必做道。但愿一颗素心如雪，心梦如初，怜香如故，化作玲珑看月，无穷般若心自在。知尽人间妙谛梵音，抚却心头一路尘埃。不问此生来路，不问他年归途，只做一个知水禅音的痴者。

# 倾心遇见，是真情燃烧岁月

宁谧、恬美的乐曲响起，走入一个美妙惬意的世界，幻想翱翔蓝天，空旷的，充盈的，热闹的，寂静的。寻一处清幽处放歌，薄薄的思念，与水墨相接，歌声里有你有我，有诗还有远方。

远方的山川，远方的河流，远方有你的方向，路在脚下延伸……似花似火似光亮，心是静静的，远离尘嚣，不怨不恨，静静品读一个人的宁静，和岁月的甘甜。

一场倾心的遇见，是用真情燃烧岁月，千娇百媚，无与伦比，一转身各自天涯。向暖的心，淡淡倾诉，听月色流淌，在行云中荡漾，静静的，安暖着。天涯化作咫尺，生活有了一种牵绊，使灵魂相惜。

遁入茫茫夜色，真实而梦幻，仿佛聆听到空中足音，化为一股溪流，黑色挡不住星光，触动了满天忧伤。汹涌的意念里一片汪洋，摇曳的光影里有人在轻轻唱，透过指尖的想象，在黑夜里尽情怒放。

悠远禅意，漫过沧桑流年，一路走，一路歌。从来的地方来，到去的地方去，以身为泥，种植希望，自然美丽，一步步抵达般若。一念一生，一爱一程，虽千万里，不舍昼夜。

轻灵，温暖，犹如迷失很久的回归，行走在这个时空，灰暗哭泣，浅浅的笑，近了又远去。小火把轻轻划破夜的宁静，引领思绪自然进入那方心灵深处的梦土，放飞心情，快乐自己。

# 一梦千年，一舞青衣

一袭紫袍，自万水千山之外，打马而至。风烟起，竹帘卷，在水意幽然的弦上。抬眸，听那一顿一扬，想那水袖红妆，无风也无月，无怨亦无嗔，无情却似多情。往事浓淡，色如清，已轻。

梅园里牵手相见，或莲步轻移，或流苏慢摆。斜阳下的那把油纸伞，温亦笑盈盈，情亦意切切，醉人美心。胭脂水粉，淡施得腮儿红、眼儿媚，漫舒水袖，绕指缠绵，把一段聚散揉进妩媚的心间。

韶华像潮水般拍岸而来，将湄水彼岸渲染成一抹蓝，疏烟轻袅，笼住一汪染蓝的心事。云烟散去，又聚拢，那些深深浅浅的蓝，便浓了又淡，淡极反浓。回首山河岁月，有一种美百转千回。

从晨起到暮落，一花一木一人一曲，不知蹉跎了多少岁月。演一出脂粉油彩的悲欢离合，梦一场假假真真的梦里梦外，纵使秦砖汉瓦被尘风掩埋，江山如画，英雄独为红颜醉。

青衫鼓荡，水袖飘忽，一个转身，几步圆场，人生如梦亦如戏。朱唇轻启，吐气如兰，一娇羞，一爱恋，情深意长。今昔，往昔，一曲霓裳羽衣舞。魂兮，梦兮，几时明月共婵娟。

一样花开一千年，独看沧海化桑田。轻摇纸扇，低声细语，有些记忆，深埋在心底。爱光影，爱生活，人生路上多了份回忆和铭记。最是人间留不住，朱颜辞镜花辞树，聚散浮沉，人生无常，唯愿珍惜。

# 困境之域，立戒为牢

一个灵魂的洁癖者，找不到人性的出路，进了无人之境，立戒为牢，在尘世的魅影中，茕茕孑立。以灵魂的安静，供养山河岁月，越孤独越富有，越孤独越清醒。世情以薄，人情以恶，唯有"海纳百川"，犹解千般愁恨，与繁华音尘都绝。

孤独，是人的宿命，一路烟火，一路迷离。让慈悲和静谧，拂醒许多迷茫的记忆，走向无尽的无极，从来的地方来，到去的地方去。不诉，不说，以身为泥，种植希望，目上无尘目下空空 。

戒线之内，随心天涯，看风动，看心动，看无常的身影，看世间的虚伪与狰狞，看尽一切浮生，表演的种种……是尘土，是归去，是望尽，是悲欢离合，演了个无尽无穷，随缘了如风，随命了如空。

身外的世界，雨已无声，冷漠的暮景下，依然望不尽那深邃的苍穹。纤弱的身影，清寂在烂尾楼里，初心如梦，侠肝义胆，把风月情愁的往昔，如尘消散，拨开妄念浮云的遮掩。

随心随性，返璞归真，望断前尘，却望不断疏远的世界，尔虞我诈，快意恩仇。而今，江湖已远，笑也无声，叹也无声，醉也成空，醒也成空。蓦然回首，知音何求，惹得一句热泪盈眶，此生无悔。

不生不灭，不垢不净，寻回早已落满灰尘和生满藤蔓杂草的这片地，是倾诉，是发泄，是毁灭，是希冀，也是心灵深处的一次呐喊。不沉浸于昨夜的梦，明日黄花早已凋零，从此，一份心安，一份平和，一如忘忧草般淡淡的忧伤释怀。

# 在荷之洲，长风盈袖

关关雎鸠，在荷之洲，裁芙蓉为衣，制芰荷为裳，越过唐诗宋词，越过晋风汉赋，越过秦前至情至性的一池春水，渡你至千年前诗经的扉页。

清扬婉兮，美目盼兮，回眸一笑间，清风吹淡明月。几许徜徉，几度怀想，美目流转，樱唇轻闭，与纷扰无争，与世事无伤。

等待，等待，归来的脚印行行。此岸，彼岸，一卷清烟漫雨。微笑，嫣然，在明媚的阳光下，轻舞霓裳，一个云手，一个盘腕，一个转身，几步圆场，人若无念妄，风骨自清香。

一嗔，一笑，一娇羞，似烟似云，像雾像纱，轻轻笼罩面颊，披一身月光星辉旖旎，将婉约的诗意凝于指尖，将平淡的日子融入柴米油盐，静静过成云淡风轻的曼妙，慢慢煮成小溪的细水长流。

# 茶禅一味，阅心知性

花事渐浓，在浅浅的春里，怀着明媚的心境，惬意行走。喜欢春的宁静，温婉，颔首远眺，浅行静望，有追忆，还有遐思。在纷扰的尘世独欢，精神厮守着精神，灵魂与灵魂对语，守候着内心的澄明与从容。

轻轻踱步，于花前树下，听花开，听花落，听花音温软。浅笑，盈眸，情思百转，一瓣瓣轻逸，如蝶飞舞，心绪亦随之美好，飞扬。给生命以微笑，风的步履求索，莲的姿态恬淡，将岁月打磨成人生枝头最灿然的风景。

时光的兰舟，载满心语，心念，心缘，从此岸驶向那温婉悠长的彼岸。在平淡的日子里，心中开一扇晴窗，守一册书香，在流年平仄的隙间，涟漪一腔百转千回的缘，将心搁浅在唐诗宋词里静养，惬意安暖。

细雨清润，微风轻拂，花期仿似人情，在芸芸暗香里氤氲，寂寞，清欢。心中有爱，四季都是春暖。心中有情，所遇都是善缘。心静思闲，风中沉吟，浪漫满心怀，以这样一种执念耕耘人生，再干涸的心灵也会满园芳菲。

春风一度，花开，惊艳，温柔。拈一朵花开，碎一地心语，行吟在古典的诗意里，素心清浅。品一杯香茗，暖一枚茶盏，细嗅一缕心香，缭绕心弦，心怀感恩，那是一种情思中的柔软。

守一个人的清淡时光，幽寂，却欢喜。禅在读，读其语淡味长。禅在悟，悟其深远意旨。拂去尘俗的念，不争，不妒，任一己喜好，摆壶弄茶听禅，斯是陋室添雅，不彰显，不浮夸，伴着清朗无尘的风，化作淡泊悠远的影。

不如追风去

人生，不只是匆匆路上，适时放慢脚步，择一处风景驻足小憩，只闻花香，不谈悲喜，喝茶读书。淡淡的芳菲，在杯中绽放，于无声处彼此欣赏、相融相知。半盏清茶，观浮沉人生。一颗静心，看清凉世界！

# 不求水月在手，只愿花香满衣

风尘素衣，行走禅院深处。于绝美的季节里，掬风的清凉一缕，让心剥落掉所有的浮华与喧嚣。于菩提树下，在人来人往的风景里，看风轻云淡，看绿水无波，青山遮日。

采撷一粒种子，植于心间，日夜疯长成一朵旖旎的莲。繁华如水，转头去，一抹青涩。衣袂飘飘的倩影，摇曳着红尘眷恋。眼眸深处，望穿秋水，渐渐明白，生命，终究是一场虚妄。

一念起，万水千山虚度。云水间，将满怀的悲喜哀愁，过滤得澄澈透明，凡尘不染。一份淡然，一缕飘逸，穿越似水流年，傲然如菊，摇曳在秋天的风霜里。

擎一把油纸伞，幽香里步履轻移，寻一份淡雅心境，寻一曲禅韵轻轻，不求水月在手，只愿花香满衣。凝视远方，总想于红尘陌上寻一方心灵的净土，守护一份悠然静美，几分恬淡，几多落寞，于秋的路口，让心境如行云流水般的诗歌一样洁净如夕。

心，入座红尘间，记忆打磨着轮回的念，声声似禅语。闭目瞬间，一念花开，清风徐徐，仿若梵音飘来顿觉心静。每一句善言，每一个善举，便是最美的心花灿烂。

门扉外，丝雨入画，花瓣飞梦，在寻常的欢喜中欢喜。独白，声声婉转，溢满了隽永与安详，如是来，如是去。有悲有喜，百态人生。不惊不扰，聆听清静。缘来缘去，随然自性。无尘无念，皈依空灵。

# 梨园，那时花开

轻推岁月的门楣，行走在每一处的蝶舞花开，怀揣一份如诗的情怀，打开一扇时光的宽容。指尖弹落的芬芳，如水，潺潺清爽。岁月拂过的氤香，如诗，柔软醉人。

花开，是一种幸福的领悟，不骄不躁，自在摇曳，将从容的美好，留在岁月。生命里，每一个季节的来临，都带着宜人的花朵，开在心中。

红尘冷暖，依旧心怀纯真。生活原本沧桑，一枚厚重，便是生命的底蕴。如是，依着这份沉厚，且把红尘喧嚣携一抹绿意的淡然，开在姹紫嫣红的花间。

看惯了花开，阅尽了花谢，人在世间的行走，已然淡若轻风。尘世的繁杂止于内心的平静，红尘的美好源于相安的淡然。

内心纯净，才能开出生命之花。灵魂沉静，才能充满温情的暖。人或多忧，必是不知满足。心或不安，定是自寻烦恼。如此，莫如寻一山水静处，一曲清欢，一抹诗意。

佛说："欲行净土，当净其心，随其心净，即佛土净。"拥一颗善心，平和宁静，不攀比，不争名夺利，在温和的光阴中，恪守自己，世事洞明。与美好相遇，素心相对，你护我冷暖，我慰你心安，一人一心，一花一叶。

命运，掩盖了一扇门，定会打开另一窗，只要用心承载着阳光，便是明媚不可阻挡的方向。世间事，千姿百态，万朵花开，风景再好，莫过心开一朵莲，一颗禅心，起落随缘，便是最好的圆满。

# 卿本佳人，奈何情深

谁？孑然一身，在天之涯，望了又望，怀想的眼神，落成一片月光白。手执团扇半遮面，轻摇烟雨古巷，满腹的情话，只说给三月的春风。

团扇摇摇，美人袅袅，仿若夜空秋月，一缕清风摇曳，不知倾了多少城国。眉轻蹙，长眸顾，总有一人无意，也总有一人深情，忆往昔，也忆故人。

兰因往事，旧人可安？素手蛮腰影成孤，乱如愁绪，慵懒不成妆。勿管风烟苍翠，执手红尘，虽千里相距，朝暮结心而生，繁世映俗，鬓唇两籍。

指尖的日子，瓣瓣零落。蜷在岁月的角落，任四季风遍吹，也吹不去满心的怆然。那日，苍穹如晦，如我别情。今时，古柏攀援，藓苔青苦。忆及曾路过生命中的谁谁，叹息飘落于遗忘里的谁谁！

轻掀帘栊，频叩轩窗，观瘦梅争春。为谁自缚成茧，叹离殇，尽独吞，或苦或甜，或悲或喜，缘深缘浅。明知再见不易，只为此生无憾，宁愿忍受刻骨灼髓的相思，也要盼来山水重逢。

只叹性痴，漫生执念，想花常开，望月长圆，想每个花开的地方都能结果。若时光倒流，愿素心似雪，终老在初见的地方，在那里，窄窄的天空不挂相思，不挂泪水，只挂星星。

# 走进心灵的一抹阳光

阡陌之上，喧嚣之外，玉树临风，静雅从容，随心，随性，随缘。这里，是一处静美的风景，不在远方，不在对岸，就在自己心中！

时而酣畅淋漓，时而淡然优雅，一笑一回眸，一转一瞬间，在包容中绽放，在力量中回归。伴着轻柔的音乐，拉伸，扭转，呼吸，身的节奏，心的旋律，灵的和音。

如芙蓉初升，梨花带雨，每一次的指尖漫步，每一次的皓腕舒展，每一次的灵魂独舞，获得了百炼钢绕指柔的神奇力量，举重若轻，化繁为简。

沐浴清风，在音乐的节奏和旋律中袅袅飞舞。灵心而动，舞韵天成，山水之间，般若瑜伽，与自然连接，与自我连接，真诚，同喜，内观！

长眉，妙目，纤指，腰肢，舞步……进行时汗流浃背，完成时身心舒畅，将来时一步一脚印的自我超越。不困于过去，不忧于未来，愿此生如莲，净心素雅，不污不垢，淡看浮华。

种如是因，收如是果，心中有禅，即步步莲花。在觉知中舞蹈，在舞蹈中觉知，回归心的自然本初状态，流露出自然自在、宽广深沉、慈悲智慧、愉悦温馨光明之美。

不忘初心，编织梦想，追一路阳光，安然走过岁月，遇见更美的自己。静静来，静静去，静静努力，静静收获，掠过万千虚无，让自己心神合一。

心归初元，体悟觉醒，清雅，健美，灵动，觉悟，在敞开中找到自信，在放下时找到谦卑，在回望时找到理解，在平衡中找到宁静。

一念放下，万般自在，如生活般，顺从其美，随遇而安，担得起风雨，也享得了彩虹，明心见性，活出自己的风、自己的骨、自己的微光与散淡。

# 时光深处的温暖

伴随着轻柔空灵的音乐，沉浸在自己纯净的世界里。微闭双眸，气定神闲，舒缓、绵长、柔软、曼妙，于尘世之上，如莲静静地初绽。

禅意的空间，迦音靡靡，呼吸、肢体、血液、灵魂，一切的一切都缓慢下来，每一个细胞每一寸肌理皆被唤醒，宁静致远，精神富足。

淡然室外，远离喧嚣，心中独白着摒除杂念，留下宁静，只身缘来尘去，修心善缘美意，自信瞬间溢出，流走在低头、俯身、弯腰、举目、倒立之间。

如风拂杨柳，千娇百媚，亭亭玉立；如灵蛇柔软，千回百转，呼之欲出。或静坐，或冥想，或缓缓地拉伸经脉，享受着这人间最普通却是最珍贵的一呼一吸。

心里有景，荒凉亦是繁华。悟人生之道，境界的豁达随意，心的平和宁静。用这一颗瑜伽的心看待人和事，在美好的年月，不错失一道漂亮的景色。

舞韵瑜伽，在于穿透心灵身心合一，在于融入身体健康喜乐。不争不躁不妄动，不闻不问不争论，身体的锻炼，心的安宁沉淀。不计较，不比较，舍得忘记，敢于放下，自然接受点滴在心感恩知足之。

一抹阳光，一念呼吸，带着岁月恬淡与感悟，走进瑜伽，邂逅人生最美时光，运用心意而有形为之，守住静怡，化成绝美烟波，息息流长。

# 彩虹的梦想

弃夹饰，绾素发，着禅衣茶服，宛若玉兰，开在栅栏外，静静，默默，仿如茶里心事，细探却又不着痕迹，时光深处，清雅、自然、质朴、随性、温暖着。

在这书香、茶香、墨香、花香的氤氲里，给身边一份温暖，给自己一个微笑，遇见智慧，遇见良善，遇见自己，淡淡领悟，静静飞翔。

眼里，是幽幽的绿意，心中，是淡淡的期然。书香悠悠，茶香缕缕，墨香淡淡，花香盈盈，香气萦室，将温暖一点点弥漫，快乐与诗意，在风中轻扬。

剪一段慢时光，把美好的希望，根植于心灵之中，如雪似玉的白，把尘世的喧嚣澄清融释，素雅馨香，初心的模样，在这里闪光。

童真、童趣，笑声、歌声，风铃一样不停地流转着那些不经意的美好，润了心田，醉了光阴。这里有一地的诗香，优雅的灵魂，在珠玑中绽放。入画，舒眉浅笑，入心，轻煦和暖。

一首诗，一支歌，一幅画，化作心情，体验着生命赋予的清丽典雅。浅笑祛千愁，轻语醉春秋，自有一番温润而绵长的快乐，在手里，在心间。

亦甜甜露笑容，淡淡地，和江上清风、山间明月一般，心中驻一曲墨海琴音，眼中有山水桃源，独有的静雅，巧笑嫣然。

# 童真雅趣，善思敏行

童年是一串五彩缤纷的泡泡，里面装满了童真和童趣。童年的世界里，简单纯粹，如雨后的天空，干净、纯洁，又如原野上的清风，快乐、自由。

天真无邪的心在跳跃，红扑稚嫩的小脸，像一朵朵刚开的花儿，荡漾着春天般美丽的笑容，笑容里，总能捕捉到你的本真、你的聪颖、你的坚毅。

忽而俏皮，忽而端庄，你在巷子间寻觅，寻觅着与家里不同的欢乐和游戏。那狭长的街、琉璃的瓦、石板的路、墙头的青藤、邻家的小狗……清晰美好，童真童趣。

你是欢乐的小天使，带着童年的娇滴、童年的乐趣，在人生最初的乐园里，写下了最美、最真、最甜、最动感的诗语。

"知止而能定，定而后能静"，那稳重的模样，像是探询，像是好奇，像是对未来世界充满希望。愿你童真的亮丽，能在芳花烂漫的心园里，捡起智慧的真谛。

听风声，闻鸟鸣，望落叶，待秋天，在这唯美时光，花香、叶香、书香，携淡淡温情，轻轻熏染，稚嫩的童心，落入了芳花之地，你是童真洁玉，芬芳而伶俐的小仙女。

念珠，是伴，也是法，至纯至美，至善至真。小小的生命，在成长的路上，一切安好，善随本心，善思敏行，健康快乐。

你稚嫩的小手，抚摸过沧桑的年轮。你悦耳的笑声，飘进了古巷芳馨的园地。你活泼的笑语，你童言的伶俐，在你童年的乐园里，增添了无穷的乐趣。

天真烂漫，清雅而赋有童趣，用微笑，把明天的太阳托起，把未来的憧憬和希望托起，把你童年最美的梦幻托起！

　　小时候，幸福是件简单的事；长大了，简单是件幸福的事。纯真、欢乐、友爱、幸福，童年是记忆深处的一颗火种，是人生初始的一段阳光，更是小巷深处的一首老歌。

# 三十如花，花开正艳

轻拥欢喜，温柔静坐，韵一曲临安，舞一支霓裳，灵魂与阳光同行，做一个温暖的人，不喜不悲，不卑不亢，慢慢走入生命。

这个季节，是生命沉淀下来的美丽，一瓣瓣的花叶都染着秋之静美。渐渐的时光，就像是怀揣着四季，循着花香，也可抵达灵魂深处的圆满与清澈。

彼岸花开，花开彼岸，长于沉静，开于恣意。沧桑，美丽，都是人生风景，无言处，最懂人间风情。三十如花，亦如画，亦如诗，当纯，当慧，当雅，当媚。

心在记忆中搁浅，情在岁月中飘移，让念溢满世界，以恬淡的模样，还原初时的自己，像无数的星星，从不停歇，从不卑微，用一方爱的暖，渡了这紫陌红尘。

时光不染，回忆不淡。三十的女子，珍重长情的年纪，情如云浓，梦如风清，衣袖翩翩在秋风中，舞动灼灼其华。若岁月静好，那就颐养身心；若时光阴暗，那就多些历练。

生活，就像煮一壶月光，醉了欢喜，也醉了忧伤。在时光陀螺里迷茫，在大风里独自歌唱，伴随着灵魂四野中荡漾。起风的日子，要学会坚强，无论走过多少坎坷，有懂得的日子，便会有花，有蝶，有雨，有阳光。

# 醉美大青坑

闽水，福地，顽石，染成一幅不必用力着色的水墨丹青。在此，倚着落满尘埃的水云进入原乡，不沾染人间悲欢，花开，叶落，淡然。

莫道花期短，莫道影随风，朝花夕月逐水流。静静的远眺，默默地思念，轻轻地呼唤，深深地眷恋，天涯，在人间，也在心上。

在水湄守候千年，未看透轮回虚妄，从那遥远的时空开始，便已习惯风波澹荡。携一身灵气，拂拭心中深藏的离殇，与幽微萤火决别。

为渡千百年尘劫，倾尽所有馨香，看似遥远，却近在心间，从水中发、石中现，从影中感受到一抹绿荫、一缕清风。

昨日远走的荷，灵魂遗落在山涧，若有若无地逸散着清香，醉了醒着的时光。无须言语，只用心灵，清冷的波光，揉碎了一枕春梦。

拾一味禅香摆渡，笑看千帆过尽，独自守着清凉，悠悠不语，不为等待谁的到来，只愿洁净的回归彼岸——众生永恒的原乡。

犹如一朵水莲花，不争艳，不惧悲，不忧伤的与时光重叠，碧波荡漾，如若初见的绽放着温馨的美好。昨日早已泛黄，随着飞花，散落成一片荒凉。

跌入轮回，从此，只愿守着菩提枯坐，不为等花开结果，不为修来世超脱，只为把青山绿水勘破。

# 遇见，是最美的盛放

仰起微笑的头颅，随风舞动。云为谁弄影，风为谁落枫？远处，山、水、云、树仿佛重叠在视线中，伴着一颗纯净无尘的秋心，听风，听雨，听燕来，将一个人的清欢，过成细水长流。

蝉鸣声稀，蛙叫了无，九月踏着一路花香前行。时光会老，我亦会老，唯内心朴素干净的情怀不会老。向着美好，感恩所有的美好，以一颗真诚善良的心对待世界，用谦卑之心与时光相融相欢。

季节交替的缺憾，是佛心中的轮回。万物生息，佛的世界里没有美丑缺失。一生一世一双人，半梦半醒半浮生，用自在，用情怀，用眷恋，留住我们生命体验中最温暖的一部分，以充盈轻盈凝弦的行行印迹，一声低诵，让蹉跎的影子，安然轻叩菩提。

难不难，心静菩提现。苦不苦，放下皆尘烟。就这般，日子素素地过，时间慢慢地煮。正气，正心，正言，正行……人生，只有好的心境，方能，遇见最好的时光，遇见最好的自己。

在阳光下闭合着双眼，犹如穿行在时光的隧道。捻月，酌影，摇篱，似人似仙，让一方人心生宁静，又让一方人心生情愿。岁月，因走过而美丽；时光，因懂得而温润；生命，因经历而丰盈。

白云朵朵，一串脚印，在天宇间舞步，旖旎了梦境，梦的边缘，心心念念萦绕。平凡的脚步，踏出如诗的往昔，平平淡淡、简简单单中，悠然走过。过去事过去心不可记得，现在事现在心随缘即可，未来事未来心何必劳心。相信自己，一路风景一路歌。

## 岁月幽香，伊人如梦

青青石板路，弯弯白玉桥，一把油纸伞，一袭素旗袍，娉婷，款款，步步生莲。就这样走着，走着，不觉中，就走进了时光深处，走老了光阴，走静了岁月。

姹紫嫣红都开遍时，空庭春晚。携一番旧梦，踏歌而来，穿过岁月的风尘，带着深深浅浅的心事，在庭院长廊前，静默成诗，从诗经走到雨巷，读魏晋，读唐宋，读桃之夭夭，读落红满地。

半依斜阳，半依弦月，温婉、雅致，最是那雕栏玉砌边的风情，醉美了那一池碧水。悠悠清风至，一人一扇一风景，携着一缕暗香，渐行，渐远。

轻倚岁月的门楣，像悬挂在古老门楣的风铃，风起，静闻丁零，风落，梵音静思。一颗素心，远离喧嚣纷繁，一团罗扇，写满娑婆愁烦。

漫步于古道荷塘，贪恋一池清凉。清清静静的幽香，在行云流水彼岸，一恍惚，一刹那，化云水之禅心，入人间之烟火，如梦一般恬静，以一朵花的姿态等待。

# 伊从画中来，犹如故人归

树下谁的身影，是迷失在诗经里的一魂孤独，婉约，迷离，俏丽，婀娜。浅携一身落花艳骨归尘的洒脱，没有忧伤，没有落寞，只有前尘文字的魅惑，沉醉在这份静好时光。

万里风霜独自走过，才知道繁华只是隔江烟火，可遥望，不可触摸。花落成诗，寻香如故，这一世的相逢，是那一世那一年那一天的眷恋。

素手罗扇，飘飘裙袂幻若仙，似梦，似幻，摇曳在岁月的诗笺里。轻若花飘的脚步，听不到尘世的喧哗，与风相遇的刹那，只听见一瓣一瓣花开的声音。

枝头一季默默地怒放，枝头一季殷殷的等待。那遗落在时光里的往事，在追忆似水年华中变得淡然，在鲜翠欲滴的枝头依旧盛开，安详，清新，洁净。

闭目瞬间，一念生起，清风徐徐，顿觉心静倾尽天下。一份禅意，一颗茶心，于心一隅，筑一座水云间，细品香茗，静听花开。

任往事如烟，繁华落尽，那千年的诗魂，弦弦扣心魄，照见过往无数，渐渐厚重，又浅浅的隐去。

一个人，一世界，一片喧嚣，一片纷扰，心灵深处丝丝纯净，天籁之巅丝丝回顾。轻扬一季的低吟浅唱，娑婆一梦，只想轻轻拂。

独自守着沉寂的窗，不为等待谁的到来，只愿洁净的回归，终老在银河左岸，花开，叶落，心色，心迹，心尘，了了无痕。

时光静美与君语，细水长流与君同 。看尽芳姿万种，不若翩翩一蝶，红尘痴笑，魅天涯。

辑五　天涯何处是归鸿

# 任一抹念远溢心湖

　　一场雪花，飘然而下，漫天飞舞的晶莹，或灵动，或婆娑，轻轻地，静静地，落在睫毛，落在眉梢，落在萧瑟的枝头，落在了一个个的心上。这场初遇的雪景，洁净带着青涩的情思，任一抹念远溢满心湖，思绪飞。

　　喜欢春天里下场雪，在雪野荒原，或楼宇街边，一片雪，一片情，片片雪，缕缕情。诗意的天空，白雪飘飘的唯美，浓抹淡写，随意自然。驻足，凝望，感怀，一场邂逅埋下一段过往，无声无息纷乱了如梦年华。

　　思绪，因雪而起，随风曼舞。昔年旧景，多少人事纷飞，陌路口浮华烟云，一片片雪花，轻飘过流年的衣襟，柔美中透着清丽。一盏红影回眸，暗香盈袖间，把永如初见的清澈、寂寥的心事，轻轻托起，那么甜，那么美。

　　一个人走在空旷的雪地里，感到从未有过的空灵和宁静，多么希望，生活是可以慢下来的时光。这尘世的雪花，就这样一瓣一瓣在面前闪动，仿佛自己也是一朵雪花，就像她们一样轻盈地飞舞，落到想要去的地方，温婉、宁静，也安然。

　　一曲雪暖，一笺雪魂，且听遥远的笙歌，缭绕雪花皆深情，寻寻觅觅在洁白的世界里。雪花纷飞的芳香，孕育万物繁盛，四季飘散，如诗，如歌。莫问前缘浅或深，冰雪心为此刻心，嫣然一笑回眸时，低首含眉是故人。

# 天涯何处是归鸿

宫苑深深，红墙黄瓦，帘幕无重数。雕栏玉砌，楼高不见章台。巧笑倩兮，美目盼兮，软玉温香清新如雨后翠杨，缱绻诉情浓。忧思最是轻别事，荏苒蹉跎，留下衷情与谁说。

捻一春淡彩涂抹愁绪，娉娉婷婷，惊艳了岁月，氤氲如梦幻飘仙。透过指尖的温度，把无声的愁寂挂在十里长亭之上，一卷书，一驻足，淡默红尘的繁华与沧桑，把点滴心声吐纳，天涯何处是归鸿？

半世情长慕花开，思落日，回首过往，总有怅然若失。一袭或粉或艳的轻盈古装，云鬓轻挽，穿过厚重的历史之门，从阡陌红尘处款款而来。眉眼盈盈处，尽显温柔，回眸浅笑间，欲语还羞。

雪语轻轻，柔柔飘过，有些梦，有些盼，在心湖两岸随风婆娑。心心念念，如尘埃，若清风，忘却相思无数。温暖相遇，在超越时空里，风声舞袖，望万物而容万物，能进退而知进退。

相逢是一种诗意的美，携着温暖带着情意，影子与影子，重叠成一首灵魂起舞的歌，穿越涓涓风雅，入心，入目，清浅一嫣莲。细水长流相伴暖，笑红尘，来去匆匆，剩几分真，几分泪，几分疼。

有些人，有些事，在想与不想之间走过。青山绿水，也只不过一场过客，前世今世的缘分，是一场结了缘的缘。感恩遇见，最美的不是相逢的瞬间，而是平淡流年中的安暖相伴，相依相随，说与不说，时光在，心就在。

# 塞外青城，白塔耸光

蓝天、红裘、黄沙，晨光中的白塔，和缓的风，从历史的光影中穿透而来，绵延天际。那里芳草萋萋，牛羊遍地，笙歌嘹亮，玉壶倾酒满金钟。冬日的暖阳，柔和静美，被放逐的灵魂，早已改变了最初的模样。

天堂草原，有明珠焉，厥为青城，倚阴山巍峨，聆黄河铿锵，这里是梦开始的地方！眼中有水，心中有山，裙摆绽开一片幽蓝的天，那是白云，永远的守望。不悲不喜，远离喧嚣，一路向北，追寻昭君走过的足迹，缘来缘去，人间有味是清欢。

素心清远，本真如前，抬头是一方蔚蓝的天，脚踩是一领踏实的地，一程程暖于眼底，渺小的，巨大的，还有无与伦比的信仰。风景有时，山水有尽，而情却无穷，在终结和开始相接的地方，在圆圆尖尖的每一个塔顶上，冷暖自知，干净如始，知可为不可为，若有却无，若无却有。

一袭裘袍，轻柔，飘逸，黯淡了刀光剑影，远去了鼓角铮鸣。轻轻挥袖，微微回眸，便盈出袅袅暗香，悠悠芳华。不忘来处，才有去处，最难得的，是一个正合时宜的人，懂花的妖娆妩媚，懂草的刚毅坚强，也懂得日月清风的洒脱与诗意，更懂得你的懂得与情深。

# 疏影暗香时

谁人只影梅园，云水影深，飞花逐梦，摇曳一树婆娑。一缕暗香，悄然沁入心脾，回眸，轻把梅花嗅。纤云素手，兰花指，莲花步，沉醉不知归路。

风起，梅曳，芳香淡溢，更有唐枝宋影，越千年，傲骨风霜。袭一身清醇花香，径行无边梅林，盈一眸碧玉，吹起一池涟漪。情潋滟，婉婉心思幽幽，云逸逸。

梅树葱葱，丽影绰绰，有多少花瓣落下，又有多少花瓣在枝头，悄语嫣然。疏影斑驳横斜，拈香万缕，心事千千结，花开花谢，流水东去何时归？

听风，听雨，听那落红飘飞，思酌着、馥郁着、惆怅着，心里滋长平静喜悦，无限华美悠长。一掬情思，一掬清心，一掬涤魂，都赋予或宽或窄或深或浅的韵脚。

悠悠思，浅浅念，把生命里的邂逅茌苒在脸上手上衣上心上。幽幽一帘心与梦，诉知在风中，轻扬在岁月深处。转身，山遥水远；回眸，情怀依旧。

# 娉婷初矣，清扬婉兮

一个洵美且好的女子，在汉服的舞动中，穿越久远的秦汉，走过诗经乐赋，走过唐诗宋词，在这个秋水长天的时节，去感悟曾经遗失的霓裳。

几许徜徉，几度怀想，美目流转，樱唇轻闭。与纷扰无争，与世事无伤，趁秋风未潇潇，秋雨未瑟瑟，独享这恬静的时光。

清扬婉兮，美目盼兮，回眸一笑间，清风吹淡明月。人生漫漫，缘分的渡口依旧熙熙攘攘。

红尘这头，等了一季秋，从初春到仲夏至秋凉，不忘初心。笑看花谢花飞芳菲尽，静听蛙鸣蝉噪秋风紧，只要心依旧，就算再等一季秋凉，雁南飞，又何妨？

等待，等待，归来的脚印行行。莫笑红尘痴，莫笑红尘傻。此岸，彼岸，一卷清烟漫雨。不倾国，不倾城，只愿倾其所有，做更好的自己。

微笑，淡然，在明媚的阳光下轻舞霓裳。一个云手，一个盘腕，一个转身，几步圆场，人若无念妄，风骨自清香。

一嗔，一笑，一娇羞，似烟似云，像雾像纱，轻轻笼罩面颊，披一身月光星辉旖旎，在蒹葭边清扬婉兮。

岁月，荣枯几度，年华，几度轮回。悄悄，将婉约的诗意凝于指尖，将平淡的日子融入柴米油盐，静静过成云淡风轻的曼妙，慢慢煮成小溪的细水长流。

# 一袭罗纱舞清风

穆穆清风至，吹我罗衣裾，仙姿曼妙，追梦越千年，从边关冷月，寻至烟雨江南，繁华过后，只喜一味禅香，素心，素暖。花嫣树翠，流水光阴，淡淡伊人红妆，遥遥沧海梦蝶。

念着曾经沧华烟云，默默吟诵诗和远方。此生，愿做明媚的女子，一缕春风，一季幽芳，在云水之湄，如莲娉婷，放空一念，许下一世静好，立于蒹葭之畔，等繁华落幕，等花开遍红尘。

红尘有梦，处处皆是风景。生命何尝不是一场花开，在最好的年龄，绽放成属于自己的风景。愿做一个丹青妙手，化一世深情为水墨油彩，描你入画入梦。

春风解花语，弄花香满衣。不言遗失的美好，只皈依着生命的原色，无喜，无忧，无累，无扰。人生就是一场历练的修行，净心，修身，养性，一颗素心，与人为善，明亮心窗，缱绻柔肠。

谁在云烟处，低眉惹相思。蜷缩在梦中，恋着云河茫茫的缠绵，看到瘦去的光阴，守着一份恬淡的情怀，涟漪轻舞，在山重水复的岁月里，将春天的滋味，尝遍。唯愿，落花时节再逢君。

时光，浓淡相宜。人心，远近相安。无论，沧海桑田如何变迁，人情世故如何变幻，唯愿初心亦如初见，在流年的枝头，看别样的风景，在韵味明媚的柔情里，浅笑，聆听，沉醉。

# 西山二月

这二月里，时寒时暖，芳菲渐漫。有憧憬，有努力，有温馨，有期待，趁时光还好，丰盈、忙碌、美丽追逐着，晨曦日暮，安闲温暖于心。

信步踱去，叶子在足间轻声吟唱，沙沙，沙沙，如心底珍藏已久的童谣，唤出声声暖意。一路行走，一起一落皆是风景，不张扬，不落寞，任时光安静来去。

收起步履，踮起脚尖，听风听水听草木芳心，看山看云看自己本真，沉沉叠叠，岁岁年年。貌似季季花不同，来日风华情相似。若瓷白釉上的青花，一年又一年，经得起拷问，经得起尘封。

很多时候，我们都是孤独的行者，走在路上，有些迷茫困惑是心灵无法排遣的唏嘘。所幸，时光的流动，带来的不仅仅是薄凉。有些念，必定在心里，不嗔不怪，不贪不怨，长长久久，与血脉相连。

恬淡自定，悠然自处，在现实的世界里嫣然莞尔，做一个心怀温暖的女子，给时光续上一段美丽的故事，心留着，桂花、蛙鸣，还有明天的梦，静候春归。

# 天地有雪，心里有暖

在这个肃冷的冬季，因为一场雪的来临，瞬间变得浪漫空灵。于林间清溪之上，看漫雪飞舞，万物斑白，寂静空旷，让人感悟淡泊之美。一念起天涯咫尺，一念落咫尺天涯。

瑞雪初霁，映灵犀。第一场雪，纯洁了这座城市的灵魂。在冰与火，静与动，告别与盛放，消逝与再生的瞬间，只一眼，便和初雪一见倾心。

飘然而至的落雪，随风入夜，起舞弄影，浅吟低唱，穿树生花，说不完千般旖旎，道不尽万种风情。心存感念，这一抹纯白的念想，悠悠然，思绪飞过心头，看雪，听雪，念雪。

喜欢着这冰清玉洁的世界，无论有多少次的邂逅，每一次的遇见都是初见般的欢悦。雪花，是上天降落人间的精灵，纯洁无瑕，纤尘不染，是冬天的思恋，也是冬天唯美的风景和色彩。

伫立于此，收回走远的思绪，眼前雪落依旧，任它在眉眼间簌簌而落。欣喜这一场遇见，像一场初冬的烟花，张扬地盛开，无声地散落，在雪的世界里，时间已了无皱纹。

这雪花，是玲珑的，柔软的，亦如人的初心，舞过童年的快乐，少年的轻狂，青年的梦想，成年的安逸。用融化的从容，诠释了人生哲理，默默无闻，奉献付出，才会更加美丽，更加绚丽。

岁月之美，在于它必然的流逝，春花，秋月，夏日，冬雪。一切在静止，一切又在变幻，在清明简净的日子里，简单本我，随心自在，捻花，微笑，感叹岁月依然静好。

天地有雪，心里有暖。有雪的日子，精灵一样的天使，使人感觉到冬天的暖意。追着初雪的脚步，握住生活中的每一份温暖，一场雪，一座城，一段时光，庄重和温柔。

辑六　长风盈袖思满怀

# 天台女孩

从光影里穿越而来的女子
站成天台的风景
给人诱惑，或近或远

光影相间的格调
肆意地把影子拉长

在岁月的五线谱里
弹唱重生，或者浅吟低喃

于是，梦里梦外
以及前世今生的美好

——贴近岁月
像泪一样明亮了心房

在额头上掠过
留下深深浅浅的印记

装在酒杯里的故事溢出
刻在心头上的名字滑落

闪烁的灯光醉了
追光的脚步也跟着乱了

遥不可及的念已被重重捆锁
于光与影中摇曳生姿

那些，都不是故事
只是故事里的谁沉吟在今日

打开心灵的窗门
在那些飘荡的风尘里

有多少的光影迷人
你若翩翩，芬芳自来

# 聆听海的声音

坐在波光粼粼的海边
浩渺的海域铺在眼前
远山无言，静静地
聆听潮起潮落的回音

海浪没日没夜吟咏着生命的旋律
平平仄仄里跌宕着写不尽的诗意
守望每一轮落日，记忆的一端是海岸
另一端是遥远和苍茫

在你的眼睛里，有起伏的故事
澎湃着日夜的思念
听海，轻轻地听，一浪接着一浪
像在倾诉，又似低语

思想很近，天涯很远
在金色的海岸边谱一曲美丽而缠绵的恋曲
纯净和美，洋溢的光与影，近在咫尺
如同镶嵌在海岸上的宝石，捧在手心

萦绕心头的思念
在初夏的芳菲里肆意弥漫

走过暮色的青烟水岸
斑驳的岁月记载着如水的流年

天空悠然的云，不知要飘去何方
遥远的苍穹变得寂静而美好
一颗温暖的心，依然守在初见的地方
守候成漫天的花开灿烂

不如追风去

# 时光车站

行走在年代的车站
把一页页的旧时光轻轻掀起

时光的脚步总是太急
一个转身就把昨天变成了今天

手捧的鲜花静默开放
芬芳了流年，美丽了相遇

那些邂逅的风，那些邂逅的雨
搁浅在岁月里，咫尺了天涯的距离

静坐在列车的窗台
与清风花瓣对望，与阳光初夏徜徉

不盼重逢，不说再见
任心事蓄满时光的杯盏

岁月的过往，深深浅浅，
清瘦了一段不曾走散的记忆

一场花开，一程深念

成为生命旅途里不可复制的一季风景

清浅时光，且歌且行
繁华落尽与君老

风中传来轻吟低语
清歌一曲，不诉别离

不如追风去

# 长风盈袖，思怀满襟

如烟时光，陌上花低婉
伫立花草间
在这无声的世界里
为了那一瓣心香
静静地，等待花开

静静地等，等来风的路过
无声花开，心近路遥
是甜蜜，或是忧伤
忘了初衷，忘了该怎样思念
——流水与浮萍

唯明媚春光静默相望，欲语未语
眷恋长亭上的风景
千里烟波吹来吹去，心情如雾
抬头云起，低头花落
——相见，只有一个微笑

幽幽花语，愿岁月无恙流年安暖
浅相遇，深相知

淡淡岁月，相守一份淡淡的情怀
如微风，如细雨，又如闪电
——心在，念在，温馨在

不如追风去

# 一眸清风，一指馨香

风轻轻吹过的初夏
弥漫着淡淡的泥土芬芳
盈盈走过的地方
一眸清风，一指馨香

曾经的一树花开
纷落在记忆的梗上
任由温柔的阳光落在发梢
独自赏景，独自听香

徜徉红尘，静守安然
和草一起拔高，和花一同绽放
站在时光的路口聆听
自己的心音，以及无尽的风声

# 临水人洁，近荷心香

浅坐在六月的河边
观濯濯青荷，听云水禅心

柄柄朵朵，娉娉婷婷
一朵凌波，一朵仙姿，一池素雅

临水人洁，近荷心香
那么纯净，那么迷人，那么惆怅

静立，徘徊
剪裁几缕淡淡的荷香

着一袭青荷裳
朴素淡雅，不卑不亢

含笑低眉间
柔得似棉，静得若水

谁的深情融化莲的心
水流脉脉，长风为歌

# 树之精灵

无端地喜欢着——
风中的这棵老树
满载了过客的心事

伫立于流水岸边
一袭红衣，染就一树芳华

浅醉地诱惑着理性陷入虚幻
柔弱的模样迷惑了野性的疯狂

徜徉在绿树枝头
置身于小桥流水人家

为谁流连，为谁驻足
捻一缕清风，温一纸婉约

做一个简单的女子
娴静时，临水弄花影
行动时，摇风舞柳枝

留得最长的记忆
总是最短青春的艳丽

## 流年清婉，时光安然

时光轻轻
如一场浅浅的素缘
斜倚树前
远山近水，一路丰盈

情深依依
看怯怯的摇曳，敢不敢回眸
眉眼盈盈处
清影如梦，心柔若水

欲语还休的牵念
已无处安放
顾盼着
心里那一份纯洁如雪的念想

能在这夏日明媚的季节
灿烂　嫣然　绽放
不问来时，只盼归处
潋滟着时光的清婉

你在蒹葭，我在苍苍

不如追风去

几多执着，几多惆怅
谁的呼唤，为谁停留
一曲溪涧，在水一方

# 心似荷开，清风自来

你自红尘阡陌来
一身素衣
芊芊柔韧，清风相许
不与波涛争雄
静逸平湖秋色
听一声声梵音徐来
禅在我心
莫问来处，莫问去程
不近繁华，不落俗世

你从清浊淤泥出
浅醉绽放
夏始你出，冬至你眠
描摹青春靓影
勾勒深情回眸
弹一曲曲天籁华章
款款而来
一身羞涩，一身清纯
融入风雨，融入心扉

不如追风去

# 才感春来，忽而夏至

春天的脚步匆匆
回眸处，醉花阴
纸鸢飞，草青青

蝉鸣正欢，夏至已至
远方，还在远远的他方
红红的雨湿了洁白的裙裾

遥望，一望无垠的绿
依恋着手里捧的，心里藏的
不想失去的温暖

心有理想，情暖花开
踮起脚尖，细数着天边的每一道光
愿此刻笑容染绿整个夏天

淡淡心香，芬芳弥漫
于心湖中激起阵阵涟漪
缱绻多少情思，氤氲多少缠绵

自由的风，陪伴无瑕的向往
任凭季节更替，思绪飘飞
心宽，路宽，一生心安

不如追风去

# 花之舞

夕阳下，开满了鲜花
晚风吹过，芬芳浪漫

白色的精灵，挂在五月的枝头
或跳，或舞。可重，可轻

我持流星，划过昨夜
划过无数的辛劳与倦乏

以最轻最柔的姿势飞
落在你的芳心

天空的云彩散落在各色纤瘦的身影
恍若星星点点的烛光

在宁静中引领灵魂纯粹的燃烧
把葱茏的心事照亮

# 栀子花

风来，你不语
雨来，你不语
你只安静地开
怀揣时光的轻
怀揣素洁的白
谦谦繁星自在舞
幻若蔓莎手抚琴
你爱这岁月的清爽和简洁
夏至，花开
如你细语呢喃
让我聆听——
这花之世界
树的菩提

# 家乡情思

熟悉的小路
承载着我的昨天
昨天的我衣衫褴褛
随风奔跑
在长满庄稼的田地里
追逐笑意盈盈的秋天

熟悉的江河
还在那里日夜等待
等待游子的心
带着他乡的梦一同归来
还有那
对家乡剪不断理还乱的思念

那山 那水 那船 那人
时光清浅
被岁月蒙上层层迷雾
若即若离
远远的诗近近的画
不言将来不说短长

# 美不美家乡水，亲不亲故乡人

家乡水也许不是最清
美的是儿时
那种味道
故乡人也许不是最美
亲的是萦绕耳边
那种乡音

儿时的记忆
像小雨那么轻
儿时的味道
像甘露一样醇
儿时的好恶
是简简单单的真

畅游过漓江、长江、珠江之上
徜徉过东海、南海、太平洋岸边
故乡的水
依然静静地在心中流漾

故乡水
心海般浩瀚

不如追风去

故乡水

朝阳般暖心

——最爱这莲峰韩水间

# 登莲花山

不管是晨曦，还是暮色
是晴蓝，还是雨阴
当梵钟的声音缭绕古寺与山间时
让人静思，或是忘我

蓝天之下，有清风掠过
沉重的身体变得轻灵
每一次呼吸，都幻化成云朵
千姿百态，随心所欲

在自己熟悉的城市和乡村
无论走到哪个地方
都有我的朋友
喜乐有分享，冷暖有相知

老者慈善从容，幼者聪颖无忧
少年有理想，壮年有担当
老年有依归。
得意者不嚣张，失意者不猥琐
成功者有天地，失败者有退路

睡眠深沉，在悠长的甜蜜之乡

换骨脱胎，重新生长
人们衣食无忧的同时，更能内心无忧
生活脱贫，精神脱困

岁月不改其性，红尘不染其心
远游之日无牵挂，居家之时无妄思
行无羁，思无邪
长河悠远，岁月无痕

# 井冈行记

沿着蜿蜒的山路追寻
岁月的风雨
将这里的一切洗刷得无影无踪
或许，这就是历史的腥风血雨
或许，这就是人间的沧海桑田

我们为何而来
只因在您的感召下
我们坚信能让信仰点亮人生
站在历史的路口
我将继续前行

指点江山，岁月悠悠
透过大井斑驳的残墙
拨开历史浩瀚的烟云
似乎感触到神奇树那苦难的抗争
仿佛聆听到读书石那深情的呐喊

一草一木，化作战斗的堡垒
一沟一壑，成就革命的摇篮
八角楼的灯光照亮了四方
井冈山精神锤炼成钢

您用历史让我读懂了人民群众的力量

没有生平简介，没有墓碑悼词
那苍劲挺拔的松柏化作新的战士
静静地守护着长眠的英魂
让人慨叹，让人思索
庄严与肃穆中抒写着时代的忠贞与悲愤

黄洋界上炮还在
换了人间换了天
战火的硝烟渐渐散去
那艰难而厚重的历史却成为引航人生的灯塔
一次井冈行，一生井冈情

# 只要活着就已经很好

2020 的春天
全国乃至全球发生了
惊世噩耗
瘟疫把宁静与
繁荣摧垮
瞬间吞没了
上万人的生命
经历了全球蔓延的疫情惊涛
我们应该把
人生归属重找

只要活着就已经很好
不要被烦心事整天困扰
疯狂的新冠肺炎病毒
驱散了多少开心与苦恼

只要活着就已经很好
不要为不公平整天牢骚
骇闻的灾难瞬间降临
吞噬了多少是非和对错

只要活着就已经很好

不如追风去

不要为所谓的名与利烦恼

多年积攒霎时垮塌

掩埋了多少身外之物和一生辛劳


只要活着就已经很好

不要忘记疫情来时的分分秒秒

大爱无疆与滴血的心对接

驱使我们活着的人

把人生坐标重调


能来到这个世界

本身就是一种幸运

好好活着

是对生活的一种态度

也是对自己生命负责

时光不能倒流

生命属于我们的只有一次


什么房子大小挣钱多少

所谓谁对谁错理多理少

面对疫情来临的瞬间

面对疫区求生的眼神

世间万物都显得那么苍白渺小


正因为生命只有一次

我们才要懂得珍惜珍重

和生死相比

很多痛苦的事情都不值得一提
只要活着
一切就都还有希望

生活也许真的很糟糕
但更多时候
悲伤是被自己放大
活在当下善待生命
好好珍惜眼前人
为爱我们的人和我们所爱的人

辑七 悟景悟美悟人生

# 行走小洲村

走进小洲村，阳光细碎地透过树荫洒在溪水间，浮躁的心一下子就安静了下来。这座位于广州城市中的古村落，渗透着浓浓的岭南风情，如此恬静温婉，如同梦里水乡。

小洲村，始建于元末明初，南临珠江河道，隔江与番禺相望，是珠江几千年来冲积形成的古村寨，这里至今仍保留着岭南水乡最后的小桥流水人家。

走在村落里，随处可见百年古榕浓荫蔽日，庄重的祠堂规整有序，古老的宫庙朴实淡雅，传统的民居参差错落，五六百年高龄的蚝壳屋和古井，见证着这里曾经的沧海桑田……历史的这头，现实的那头，阡陌纵横间的轻轻一跨，见证的百年沧桑便已成过往，这感觉像是一小步就跃过了光年。

历史的斑驳让现代化的整齐划一建筑黯然失色。小洲村，历史文化积淀，创意更是无所不在，在新旧交替的岁月长河中，这里的古老与现代同在，却又巧妙地融合在一起。她的灵动和生气不仅来自流动的河涌、茂盛的树木，也来自世世代代居住于此繁衍生息的村民。

有的人来这里是为了发思古之幽情，有的人来这里是为了寻找一点乡村记忆，有的人来这里是为了得到艺术创作灵感，有的人来这里也许只为换一种别样的心情……这里，是一处适宜你随意走动的所在，只要你去观察、去体验、去感悟、去思索，她能给予你的，可能比她所拥有的还要多。

从繁华的城市转身到岭南的水乡，一闹一静之间，小桥流水人家的安逸让人心境平和。这里没有奢华，只有朴素和亲切。细细流水声萦绕耳畔，青砖素瓦的淡雅画卷里，恬静的气息安抚着不安的心，伴着古琴弹奏的乐曲令人舒适放松，瞬间脱离了外面的烦琐生活。

　　总有一些地方，让人相见恨晚。不同于一河之隔对岸珠江新城的高端与繁华，这里展现着广州的另一面。吉他、雕刻、陶艺、涂鸦、手绘、烘焙、咖啡、客栈、西关美食等生活元素在这里随处可觅……这点点滴滴的痕迹，都让小洲村烙下自己的文化痕迹，每一间不起眼的老房子里都有属于她的故事。

　　如今，行走到了这一处山水有情的地方，与小洲村与历史与文化与现实相约一起，不是因为一段情、一个故事，而是为了在旅途中，遇见更好的自己。不问世事，不问变迁，只是追忆一种难以言说的情怀。

# 沙面，在历史的光影里

在广州的珠江河畔，有这样的一个地方，渡轮穿梭，江风徐徐，西洋小楼，古树婆娑……漫步其中，仿佛来自民国的梦影摇曳在街心，这里就是沙面，广州最具欧陆风情的城南小岛，世外桃源，浪漫之地，亦中亦西，亦古亦今。

沙面，原名"拾翠洲"，"翠"，绿也。乍一听这名字，便会生出无限的美好来。然而，走在沙面大街，总是会一时恍惚，回到百年前的乱世。颇具小资情调的沙面岛，记载着一段不堪回首的沧桑历史，美轮美奂的异域古建筑群诉说着沙面历史的点点滴滴。

沙面，因珠江冲积而成的沙洲，故名。在宋、元、明、清时期为中国国内外通商要津和游览地。鸦片战争后沦为英、法租界。19世纪60年代第二次鸦片战争前后，英法两国选中了这块珠江中的小沙洲作为租界地址，填筑成岛，在之后的大半个世纪里，英法两国取得了在沙面岛上的许多特权，沙面因此成为后来广州民族解放运动人士抗争的地方，见证了广州近代史的变迁，成为我国近代史与租界史的缩影。

历史惨痛的一页已经翻去，沙面岛早已焕发了新生。如今的沙面岛，空气中满是夹杂着从星巴克内悠悠飘出的咖啡香，时有四处取景拍婚纱照的情侣，浪漫与幸福的味道不过如此，历史已经成为历史。人们偶尔能从遗留下来的历史痕迹上一窥当年的风貌，"沙基"惨案纪念碑、镇江古炮等还昭示着当年在这里飘过的硝烟。

进入沙面，就像进入了一个精致的社区，因为历史原因，得以"麻雀虽小，五脏俱全"。在这小小的岛上，矗立着150多座欧洲风格建筑，新巴洛克式、仿哥特式、券廊式、新古典式及中西合璧风格的建筑，这里汇集有领事馆、教堂、银行、邮局、电报局、商行、洋行，更有酒吧、游泳场、俱乐部等休闲之处。繁华的广州城能有一个这样的地方，让人感觉非常特别。而今，沙面不再是他人之壤，而是向大众开放的旅游景区，这里的每一栋建筑都有它的故事，而每一个转角也都有它的风景。

步履悠悠，漫步在沙面的街道里，告别喧嚣的大马路，离开行色匆忙的人群，这里四处都围绕着别致的小洋楼，形态各异，惟妙惟肖地满载时代感的雕像，各种郁郁葱葱的树，绽放着绿意，耳边仿佛响起树木沙沙呢喃的低语。美轮美奂的欧式建筑，如苏联领事馆、露德天主教圣母堂和清代城防古炮台，已做修饰，却都见证了中华民族近现代的屈辱史和抗争史。那些建筑的窗的形状，砖的色泽，顶的弧度，廊的曲线，柱的厚重，散发出一种阅尽沧桑后的坦然。

当昔日的繁华和今日的静谧在某一刻聚拢，当滔滔珠江在霭霭古榕中隐隐流泻，当灯红酒绿的夜吧与庄严肃穆的教堂比邻相对，当"十三姨"的旗袍和时尚芭莎的婚纱在交替中光影婆娑……这一切，都是沙面百年风韵沉淀出来的袅袅风情。

故乡水，别来此处最萦牵。白天鹅宾馆三层楼高的岭南传统园林景观，亭台假山中"故乡水"瀑布长流，与馆外的珠江融为一体，更与这座岛心心相连，"故乡水"也感动了万千海外侨胞和游客。背上行囊，就是过客。放下包袱，就回到了故乡。我们的人生似乎就是一场旅途，既然人生注定漂泊，那么就让我们带上一颗从容、淡泊的心，在沙面感受一段慢时光，洗净心灵的尘埃。

不如追风去

# 黄埔古港

黄埔古港——南宋时期的"海舶所集之地",一个可以让时光慢下来的地方。她曾见证了广州"海上丝绸之路"的繁荣,如今虽淡出了历史的舞台,却保留了这个城市古港水乡的记忆。她的一块青砖,承载着一段辉煌。她的一方石板,掩盖了一段故事。在这里的每一个角落,总有一些不经意出现的古建筑,总有一些寻常的细节帮您找回千年古村。

黄埔村,北宋建村,南宋成港,到清朝 1757 年时变成中国唯一通商口岸,俗称一口通商。有人说:"中国的历史,两千年看西安,500 年看北京,300 年看广州,100 年看上海。"300 年前,广州的对外贸易史代表了中国历史上最辉煌的一段。沧海桑田,如今的黄埔古港、古村,仍保留着广州"海上丝绸之路"的辉煌与繁华。

道光年间,文人冯翔用"杰阁嵯峨凤浦中,海帆层出虎门东。竭来喜阅梯航遍,一统车书万国同"这充满诗情画意的诗句,描写黄埔古港万舶争先、云帆幢幢的贸易胜景。而"海上丝绸之路"也是由此展开。

行走在青石板砌成的来路,斑驳着带着岁月的沧桑。不似发展下的广州带来的喧闹与繁华,市集里的呼喊声与带着痕迹的手交相辉映,空气里氤氲着古朴与淡淡的清香。

现在的黄埔村仍是一派古朴景色,村中保留的大量遗迹和文物,石板小巷两旁古风古韵的建筑沉淀着属于自己的时光岁月,让人联想到那时年代的别样年华,是市井繁荣还是胜地不凡,给人另有一番神秘之感。

一池碧水,倒映着昔日的荣光。建于乾隆年间的胡氏宗祠,距今已有二百六十多年历史。静穆、古朴。

落叶归根，衣锦还乡的古老情结永远也无法割舍。距离胡氏祠堂不远，便是村里的祠堂大街。主山冯公祠、化隆冯公祠、晃亭梁公祠、左垣家塾等古老祠堂多分布于此。

古祠堂街的韩艳剪纸，历尽岁月沧桑变得古香古色，周围草木依然生机盎然，政府将古建筑很好的保留并且让大众人民去感知，去领悟，访客的感受完全可以对接最有价值的历史就存在于当下人们的内心。

历史上，黄埔村拥有北帝庙、华佗庙、洪圣殿、圣母宫、天后宫等一批和村里面习俗文化息息相关的庙宇，不过由于社会的变迁，如今只剩下了北帝庙这座曾经被用作卫生站的建筑还保留在我们的视野。

古港遗风，新路旧村。尽管看起来并不是那么起眼，但古韵悠悠，穿越古巷，总会带领我们跨越一段历史时光。像一段缠绵的乐章，向我们徐徐展开，那里的每一寸街道，每一处风景，一砖一瓦，都带着韵味的芬芳。

在历史的遗迹下，盛开着的现代与传统的交融。随处可见的创意，还有随处可见的艺意。在他们的灵魂之处，也带着古港的淡然与恬静。

黄埔古港因仿古船瑞典"哥德堡"号来访而重建。"哥德堡"号商船由瑞典东印度公司于 1783 年建造，曾经三次抵达广州，航行海上丝绸之路。1745 年 9 月 12 日"哥德堡"号装载着中国的瓷器、丝绸、茶叶等货物，踏上第三次中国之行返程时，遭遇暴风雨袭击，不幸沉没在哥德堡港入口处，相传当时从沉没的"哥德堡"号船上打捞出来的货物除去船的损失以及打捞工程的费用还有利润，因此中国的海上丝绸之路更为繁荣。

走过青石桥，便是集市，几乎所有的广州地道小吃都可以在这里找到。在诸多的店铺中，最吸引人的莫过于炖蛋皇、艇仔粥和古镇的明信片店了。对于来到古镇的游客来说，在炖蛋皇吃一份姜撞奶，喝一碗艇仔粥，之后买上一张明信片写给家人，古港之行才算是完美。

水上人家用小船在荔枝湾河，珠江边上贩卖，花生、小虾香脆、鱼片、蛋丝软滑，鲜甜香美。似乎也可以通过一碗粥想起那个喧闹繁华的港口。

沧海桑田的变化也会留有历史的痕迹，也许这样的活化石在，才能还原一段历史上的承载。如今的码头已再也无法作为交通要道支撑中外的文化，但依然风光秀丽，冥冥之中告诉我们一段遗迹。

# 珠江端午扒龙舟

广州，坐落于北回归线上，北靠南岭，濒临南海，扼珠江流域西、北、东三江汇合出海之咽喉，水网交织，汇通大海。云山，珠水，是广州的美誉。2000多年来，广州人生于水边，长于江岸。在珠江上腾跃的龙舟、在珠江边嬉戏的儿童都是广州的象征，广州的"水"是浸在骨子里的。

水任器而方圆，珠江水滋润了这里人们的经济和文化生活。而端午扒龙舟，是广州人性格的最好诠释。扒龙舟在广州并不是指竞争激烈的龙舟比赛，它只是民间各乡村之间的一种相互拜访，四周走亲戚的一种传统活动。

按照传统习俗，农历五月初一至初五，各村扒龙舟走亲访友，与兄弟村、老表村、友好村联络感情，形成特定的珠江"龙舟景"。随着城市发展的日新月异，以及城市更新改造的不断推进，如今许多村子实际上早已成了广州高大上的CBD，不过在CBD里扒龙船、看龙舟也是别有一番情趣。

端午节日，随着人流涌动，沿着临江大道，转入猎德路、海居路一路观赏。猎德村、冼村、石牌村、小洲村、车陂村、棠下村……这些广州的兄弟村、老表村的游龙由珠江涌入猎德涌，一路探访，依次途经多个村落，过百艘龙舟挤满河涌，锣鼓喧天、鞭炮齐鸣。

虽说是"探亲"，但真正有亲戚关系的可能已经是上几代甚至是十几代之前的事了，一直流传下来更多的是各村对历史的尊重和对传统文化继续发扬的伟大使命。虽然没有亲戚关系，但每条龙舟来到都会有茶水和饼供应，大家都亲切地相互尊称"兄弟""老表"！

猎德村至今仍保留着大量具有岭南水乡特色的古民居、古祠堂、古石板街、古树木等，承载着颇具区域性代表的古村落民俗文化和建筑文明，并形成了独特的龙舟文化。这里的龙舟一般是由上好的昆典木造成，但要经久耐用，就必须得有恰当的保存方式，聪明的村民，百年前就发现用水浸昆典木的方式，可以使昆典木历久而弥新。

当龙舟闲置的时候，把它埋在水底泥中，每年的 4 月底，人们就会将龙舟从河里挖起，经过一番的装扮，就可以再重新下水了，在正式使用前还需要进行拜祭的仪式，当地称为"采青"，寓意来年风调雨顺。

端午节，在广州赛龙舟、看龙舟，既可感受到现代城市发展和城市更新的日新月异，更可感受到村民、街坊对传统习俗文化的坚守和传承，实在是一种蛮特别的体验。

# 沿珠江骑行

"骑行是一种生活方式，一种习惯，一种瘾，钟情于骑行在路上的状态，自由，未知，期待，惊奇，可以获得，可以遗忘。"

——保拉·佩佐

在倡导绿色出行的今天，自行车已是随处可见。无论是大街小巷的共享单车，还是装备齐全的自行车队，骑行早已深深根植于生活，既可简化出行，亦能锻炼身心。

沿临江大道—华南大桥—猎德大桥—阅江西路—滨江东路—广州大桥—中大码头—珠江泳场—滨江中路—海印大桥—大元帅府旧址—江湾大桥—纺织码头—海珠桥，一路往返骑行。

骑行的乐趣，不在于身边的风景。它最大的诱惑也许就在于，你确定了一个目标，然后从起点出发，心里想着的风景是多么的美。抬头看路在你的前面延伸，你不能跨越，也不能选择飞越，只有一点一点地征服才是最好的选择！

骑行于天河、海珠绿道，漫步江堤，这里有着独特的滨江优势，有数十公里长的一线江景，更有点缀其中的无数景点与琶醍风情酒吧街。

说到这路上的风景，可以大致分为两大类型，自然景观和人文景观。

自然景观如珠江河畔奔流不息的滔滔江水，江面空旷开阔的蓝天白云，绿意盎然的有轨电车草坪，等等，奇妙的大自然会带给我们很多美好的体验。

但游走于城市中时，我们接触更多的是人文景观。气势恢宏的中大牌坊，雄伟壮观的 CBD 大厦，曲线妙曼的小蛮腰……都会给我们带来一些感官上的刺激。

当然，骑行的过程中，我们还会观察路上的人们，观察他们生活和工作的场景。不同地方的人，状态是很不同的，有时候真是一墙之隔，便是两个世界。有时候，在拐入一个街区时，会有一些小小的期待，因为我们不知道，下一站，会碰到怎样的风景和人物，这大概也算骑行的一大乐趣吧。

骑行的过程，也是一个充满思考的过程，我们在自行车上探索和观察这个世界时，常常以自己的生活为参照，通过与外界的接触和对比，我们不断反思，总结自己过往学习、工作、生活的得失。这些都是骑行可以带来的乐趣。

来到孙中山大元帅府旧址，这里面朝珠江，器宇不凡，因中山先生 1917 年和 1923 年两次在这里建立革命政权而得名。现在距中山先生首次建府至今，已历整整百年。在广州，这座人来人往、弥漫着奋斗气息的城市。当你想停下来去走走的时候，不如来这里，中山先生从北伐开始的居住及办公地。虽然实物展品不多，也不是什么热门旅游景点，但是这里的场景复原做得很好，感觉就像直接穿越到那个时代直观到他们的生活。

有人说，现在大多的旅行都像快餐，高效但千篇一律，并未真正给旅行者一种当地的真实的旅行体验。究其原因之一，就在于过度追求效率和结果，却遗忘了过程才是体验城市文化最重要的部分。沿珠江绿道骑行，则不失为一个契机，让不了解过广州文化的人爱上这片土地，让熟悉广州的人从另一个角度，挖掘不一样的声音和洞察。

一直都很喜欢在路上的感觉，自由自在地骑行，想走就走，想停就停。不在乎骑行的终点，在乎的是沿途的风景和欣赏风景的心情。

# 南沙天后宫

今天游南沙天后宫，恰逢农历三月廿三日妈祖1056周年诞辰日。在南沙这片朝气蓬勃的热土上，这个特殊的节庆中，四面八方涌来的信众、游客，把天后宫蕴藏的历史文化再次掀开。

南沙天后宫始建于明朝，前身是天妃庙。1995年由香港著名实业家霍英东捐款重建天后宫。南沙天后宫，紧临珠江出海口伶仃洋，坐落于大角山东南麓，依山傍水，其建筑依山势层叠而上，殿宇辉煌，楼阁雄伟，在天后广场正中就是石雕天后圣像，其规模是现今世界同类建筑之最，被誉为"天下天后第一宫"，也是东南亚最大的妈祖庙。

天后宫的天后石像，无论在构造上还是选址上，都花了大大的心思。这尊高14.5米的天后像，由365块花岗岩石砌成，象征着在一年365天里都风调雨顺。石像是对准香港维多利亚港来建造的。看过天后宫建筑，很有特点，可谓处处乾坤。它集北京故宫的风格和南京中山陵的气势于一身。站在广场中央可以清楚看到一条中轴线，这里的建筑物都是依据中轴线，高低错落地对称布置。

穿过牌坊，眼前的山门是天后宫的正门，两侧的钟楼和鼓楼每逢节庆钟鼓齐鸣，一派喜气洋洋的气氛。山门正上方就是献殿，供奉着蹈海天后，四海龙王在两边站立。不过想到中心正殿，还要继续上山，走过几百级楼梯后，才能见到贴金的天后像，以及八尊以历史人物为题材的陪神。天后宫后侧还有一座高八层的南岭塔，它并不是作开放游览之用，而是另有重任：一来平衡右侧较高的大角山主峰，二来是作为海上保佑神的指路导航建筑物。登上天后宫高处远眺的时候天地一片静默。仿佛女神守护一切景色，都不愿大声喧哗！

游天后宫看建筑，更要看风景。登高望远，从正殿看出去，规整的广场、高大的天后像、浩瀚的海面尽收眼底，迎着阵阵海风，真是心旷神怡。若想欣赏到天后宫最美的一面，就要"看天行事"，在雨后来看是最漂亮，烟霞偶至，满山翠绿，甚是养眼。

在中国一万八千公里的海岸线上，天后是滨海地区不少人的信仰。在南沙天后宫，人气最旺就是每年农历三月廿三正是这时的天后诞，处处香火缭绕、热闹非凡。在闲时闲日来此处又是一景，高耸的南岭塔，雅致的小山亭、草木葱茏，繁花吐艳，暂别水泥森林，来到天后宫登高，海滨骑行，沙滩嬉戏，草地休憩，一派简单生动的景色让久居都市的那颗疲倦的心逐渐舒展开来，南沙的大气和秀丽相信也能在此领略到几分。

不如追风去

# 探访千年程洋岗

　　这是一座并不显眼，却有着千年历史的古村落，她的名字叫作程洋岗。这里枯藤老树、山清水秀、风景秀丽，这里的古厝、古巷、古寺庙、古祠堂、古书斋、古石刻、古榕树远近闻名，当然，还有让你随时醉了的古情怀。

　　走在这散发着历史与文化气息的千年古村落，穿行在阡陌交通的古村巷道中，仿佛游离在世外。富丽堂皇的奢华之美虽然没有，细节之处的精致之美与流传千年的底蕴之美却足以让人咋舌！而村中那棵棵静立千年的古树，于艳阳与风雨的交汇中，仿佛诉说着一个个悠长的故事。

　　程洋岗村历史悠久，一千多年前，这里还是南海中的一个小岛，扼韩江之咽喉，是海上丝绸之路的重要码头。在一千多年前的北宋时期这里是帆船林立，商铺密集、人来货往的古港口——凤岭港，后来由于泥沙淤积，海岸前移，就成了陆地。陆秀夫带着宋帝南逃经过这里，潮汕祖先们乘着红头船出海闯荡从这里出发，海瑞、刘墉等诸多历史名人都曾在此留下墨宝……建于北宋的永兴街、顺兴街、源兴街，距今已一千多年，旧貌仍依稀可见。宅第、祠堂、驿站、书院、古寨墙、牌坊、古井、古树等一百多处。千年程洋岗是个活着的千年古村，它远古的灵魂，依旧盎然。

　　这里有大量的古旧宅第："儒林""绕绿""梅轩""乃秋小庐""仰止山房""八郎祖家塾""杏园书屋"……很多宅第的木雕、石雕、砖雕虽然已经残损，但从这些残损的雕刻画壁里，仍能见到当年精湛的手艺。

它们，在千百年之后，依然散发出迷人的魅力，这里，那里，曾经有过什么故事呢？让人遐想……在村落里，像这样蕴藏着无数故事的老厝古书斋太多了。千年以后，那一个商贾云集的繁华港口已不再，但她依然保持着贵族般的气质。

碰巧的是，在此遇上了这里一年一度的"大劳热"——七圣出巡。这是古村人发自内心地对神明的尊重，是出自对老祖宗传承给自己这一辈的珍惜，是出自对出外游子的呼唤，耗费时间、精力、金钱，一代传承给一代的传统，只愿发扬光大，只愿风调雨顺、国泰民安，只愿子子孙孙平安健康，开枝散叶。

# 澄海永宁寨和文园小筑

澄海的前美村，历史悠久，传统民居建筑繁多，集古今中外建筑艺术精华于一体，为潮汕乃至全国少有的建筑群，是广东省第一批历史文化名村和全国第四批历史文化名村。提起前美村，很多人最先想到的是岭南第一侨宅——著名的陈慈黉故居，但离这座气势宏伟的大侨宅几百米处的永宁古寨和文园小筑，有着更加纯粹的潮汕乡土气息，景色宜人，透着古朴的气息，带着历史的尘埃，飘浮着厚重的苍凉，令人更加向往。

沿村道石板路走去，尽头豁然开朗处，有弯弯石桥，毗桥而趋有一汪碧潭，绵延绕围于永宁寨前。护寨池里水波清漾，绿蓝如玉，倒映着寨内厝屋树木，水上水下两世界，抬眼望去，远处莲花山隐隐叠翠。

悬于石拱寨门之上的是嵌入土墙之内一方柱石，以朱漆圈之，中间刻以端肃楷书，永宁寨建成者、前美先儒陈廷光亲笔题书"永宁寨"三字，落款并注明"雍正十年"，从门右首所立的"永宁寨简介"碑刻得知，这正是永宁寨建成之时。永宁寨不但讲究风水布局，且有防洪、防盗、防涝等功能，是潮汕平原目前仅存的四方形寨堡。

寨建在俗称"鼎脐"的低洼地上，坐西南向东北，正对着远处的莲花山，前面寨池澄清，明堂开阔，众水汇聚，被认为传统"风水"绝佳之地。寨内地面前高后低，前为灰埕后为住宅。中间建成三列并排的传统第堂，均为"四点金"歇山顶平房建筑，倚两侧和后面寨墙而建的住居均为两层楼结构，俯瞰全寨居屋，形似马蹄。全寨共有厅房210多间。

古寨前有"义门"，这两个字是从永宁寨门楣的题字"义路""礼门"而来的。乃是建造永宁寨的前美先儒陈廷光对子孙的遗训，他寄望子孙要懂"礼义乃人生之路，处世之门"。穿过"义礼"之门，进入寨内，眼前是视野开阔的敞埕。紧连其后的是寨内三列气势不凡的以花巷、通巷作毗连贯通的主体建筑。宽阔的上埕设篮球场。行经阔埕，来到正座——"中翰第"门前。

这座潮汕雅称"四点金"结构的寨内主建筑，共有三进格局。大门气势恢宏，中门以石柱擎立，门上有青底金字匾，题有"中翰第"三字。正门两壁，精工彩画，浮绘有梅竹及艺术篆书等壁画，色调明快，赏心悦目。跨入大门，就是前厅。前厅正中，立有拟似遮挡视线的朱色门屏，门屏上方，悬有一匾，黑底金字，书以"乐善好施"四字。

移步向前，到了宅邸正厅。正厅宽敞明亮，古色古香，往上仰去，厅的正中央赫然悬有黑底金字巨匾，上书"重宴鹿鸣"金灿灿四个大字。据载，这是"永宁寨主"陈公廷光因才德寿丰而得到朝廷颁赐的一份殊荣。"重宴鹿鸣"又称"重赴鹿鸣宴"，是清代科举制度对考中举人满60年者的庆贺仪式。康熙三十二年，时年22岁的陈廷光考中癸酉科举人，得赴鹿鸣宴；60年后，经奏准他又重赴专为新科举人所设的鹿鸣宴。为此，时任两广总督的苏昌，特向82岁高龄的陈廷光赠送对联："与宴重逢攀桂日，问年已越钓璜时。"由正厅望进去，便是后厅。后厅也悬有黑底匾额，曰"松茂堂"。整洁简朴的后厅，只有古旧朱台和数面本村典故略记的镜框，安然和厅堂一起默默守望着，就像是守护着永宁的一份静谧。前厅的右面墙上张贴着古寨主人陈廷光及其夫人遗像，遗像下面以连环画的形式简述了陈廷光的生平。细细阅览着图画，心中不由感慨万千：素以乐善好施为喜的潮汕人，其实更讲究内敛之德。一屏朱扉，虽说本是潮汕民居中厅堂结构里不做"一览无遗"的巧妙处理，但谁又能说这不是一份谦虚告白呢？

不如追风去

走出中翰第来到下埕，这里宽阔，加以有双寨门左右对通，气畅贯，风畅流，恰是畅爽佳地。北移数步，就看到曾经供水予全寨老少而久负盛名的"八卦井"。这是个径达三米的石砌八角古井，探井一观，井水且盈，一方云天倒映其中，甚见清趣。井边立有景点介绍牌，细细一读，方知此井还是个奇井：古井之水不仅深不见底，从不枯竭，而且当水至清时可见得石井之内有一方形木圈于外的小井，形成大井套小井的奇观，井水经由小井的过滤后流入大井，从而保障寨民取用于大井的水都是净质甘泉。过了八卦井，数步而趋，就到永宁寨后门。后门与正门遥相呼应，格局也相同，唯一不同的是，两扇门页上各写着"人杰""地灵"字样。除了临湖一面寨墙为四米矮墙外，沿陆三面寨墙均为 8 米高墙，厚达 0.8 米，甚是坚固。

几百年来，永宁寨用一个挺立不屈的身姿，告诉人们，这就是——永宁、永善、永强、永和、永福、永乐、永久的姿态！

从永宁寨出来往前，沿曲折蜿蜒的巷陌，寻到一个珊瑚藤和扶桑花簇拥的小巧院落，这就是"文园小筑"。这是一栋中西结合的建筑，有着典型的潮汕民居"四点金""单背剑"的特点，进门后分别是前厅、天井和后厅，前后厅两侧各有一房，占据四合院的四角，而在建筑的右边有一条小巷，似一把穿插在建筑内的利剑。同时，建筑引用了西洋的建筑材料，并渗透着东南亚建筑风格，兼具了东方与西方的建筑特色。

不落俗套，清新秀气，与陈慈黉故居的恢宏大气相比，文园小筑显得小巧玲珑。文园有着潮汕民居的气派和精巧，园林式的圆门、敞亮的厅房，天井的荷花含苞欲放，古老的花窗使人浮想联翩，坐在后花园生炉泡茶，别有一般滋味。"后花园"有点像鲁迅笔下的"三味书屋"，水景也很有韵味。二层的阁楼宽敞，蓝色的瓷柱子很醒目，彰显了东南亚风情。

文园小筑，于 20 世纪初耗费巨资建设而成，占地面积约 1700 平方米，共有 23 房五厅。100 多年来，文园小筑曾经辉煌，也曾颓败。新中国成立后，陈氏一家因出身问题曾一度被逐出文园小筑，直到 20 世纪 80 年代落实政策，这座宅第才归还陈伯。陈伯数十年来默默独守着这座屹立百年历史的院落。

直到十多年前，汕大杨培江教授在为学生寻找写生基地时，才发现了这座与众不同的古建筑。从此，闲置多年的文园小筑迎来新生，常有美院师生来文园小筑创作艺术作品，这里还成为文艺青年们创作的天堂，很多文人雅士也慕名而来，市摄协每年都在这里搞摄影创作，电视剧组看中了它的韵味，现在的文园小筑倒成了休闲观光的去处，而陈伯也经常为前来写生、摄影的游客们提供各种各样的帮助。

而在上个月底，也就是 7 月 30 日，85 岁的文园主人陈伯过世了。今天在文园有幸遇到的是他的弟弟，另一位陈伯。他见我在门口拍照，特地走出来热情打了招呼，然后去到正厅大堂起火煮水冲茶，也是同一声的：来坐，食茶！一杯热腾腾的工夫茶，满满的都是人情味！

花鸟写意，曲径通幽，后面还有私人码头连接小河，不过现在已经长满了绿绿葱葱的植物，可想而知当年居住在这里是多么惬意！

# 探访冠山书院，感受脉脉书香

书院，一直是我向往的，虽然现代化的学校是昔日书院所望尘莫及，但创新与发展的同时，也意味某些东西的没落，而没落的，不一定就是不好的。就如以前的书院，其独特的建筑风格、浓浓的学术氛围，是当今许多高等学府难以比拟的。

潮汕地区素有崇文尚教、兴学育才的优良传统，古往今来，有许多学堂、书斋声名远播，培育出众多英才俊杰，赢得"海滨邹鲁"的美誉，澄海冠山书院便是其中佼佼者。

冠山书院，位于广东澄海神山北麓，为澄海首创第一座书院。据《澄海县志》载："冠山书院，在冠山乡神山麓，明朝知县蔡楠建。后堂祀朱文公（熹）。"隆庆三年（1569）始建，历代多有修葺，清末改为学堂。目前保存基本完好，为广东现存四座明及明前书院之一。

书院坐南向北，南靠神山，北面"古石山"。书院埕前有圆形的池塘，俗称砚池，昔年砚池中间有一沙丘，上面种枫树，故称红叶池，冠山书院的灵气与红叶池的雅气互相掩映，构成了流传至今的"院堂一鉴"的古胜景。

书院由澄海县第三任知县蔡楠捐银倡建。是一座依山而建规模庞大的三进硬山顶祠堂式学堂，始称"冠山书馆"，据称最先前门匾名"冠山书馆"。书馆建成后，蔡楠日常处理政务，公余之暇，日与诸生课文讲学，使冠山民风丕变，文风日盛，科甲联翩，遂为澄海望乡。

正门匾"冠山书院"，对联："礼门辟冠山，亦步亦趋追鹿洞；道岸登澄水，为高为美溯杏坛。"院内柱联云："冠裳云集人文彪炳，山岭雄峻庙貌千秋。"书院在古代及近现代曾多次重修，在弘扬传统文化、教化一方乡民中发挥了重大的作用。

进入院门，为宽敞的大埕，两株桂花，两大缸荷花。正座大厅为讲学堂，由20扇规格木门肚组成排门，中间8扇，两旁各6扇，每扇门肚上都书写了明及明以前历代名人有关劝学、礼学诗句。讲学堂，立南宋理学家朱熹朱文公石像。这是一座高近4米的汉白玉"朱熹讲学"塑像，手执书卷，头戴一冠，面容慈祥。

书院堂寝各1间，门庑3间，斋舍10余间。第三进格局与第二进相同，据说冠山书院有"前祀朱熹，后祀蔡楠"的习俗，正厅里面祀书院倡建人蔡楠。

当年澄海县城未建成之前，县令在冠山办公。蔡楠多次寻找适合的地方，来到冠山，感到山虽小，但怪石环伺，峰峦峻峭，林茂石奇，有"秀甲邑中群山"，蔡公遂在此捐银倡建书院。虽然，现在书院不再是传道解惑之所，其宣扬的修身、齐家、治国、平天下之道也被今人所淡化，但是，偶尔至此，感受一下昔日书院的魅力，既是对一种远去文化的缅怀，也可丰富自身的人文素养。

冠山书院右后方"卢侗结庐读书研易处"。卢侗（1023—1094）字元伯，号方斋，冠山人，赐谥"文肃"。潮州前八贤之一。博通经史，尤精《周易》。宋皇祐五年（1053）授本州长史。嘉祐年间，经余靖、蔡襄、王举元等人推荐，调惠州归善主簿，不久又调广州帅府，任佐靖之职。宋英宗治平年（1064）初，应召策对于枫宸殿，因才学过人，受到皇帝赞赏，被任为国子监直讲。后奉命巡察川、陕、淮、浙等地，受到朝廷嘉奖。宋神宗熙宁（1068）初年，卢侗因反对王安石变法，自请出任柳、循二州郡守，不久又奉召回京，任秘书省事，兼右正言。因与邓绾、吕惠卿政见不合，遂以中舍致仕。归乡后，于冠山神山下龙潭畔结庐读书，潜心研究《周易》，并于郡城设馆供子弟授业课读。卢侗乡居期间，适逢韩江水涨、堤决，他捐资修复，筑涵沟引水汇集于冠山潭中，出上窖而后入河，使水流得到疏导，乡民感其德，称为"中舍潭"。宋哲宗绍圣元年（1094），卢侗病逝，终年71岁，哲宗皇帝特遣官员祭吊，赐谥"文肃"，皇恩御葬，崇祀乡贤祠，配享韩文公祠。

神山又叫冠山，高11丈，周围700余步，虽不高，但峰壑峭立、树木峥嵘，古迹众多，为"澄海古八景"之一，名曰"冠山环翠"。明隆庆二年（1568）澄海置县之初，县城未建，知县蔡楠择冠山作议政之所。在此期间，依其天然地势，共辟10景，即院堂一鉴、桂阁三台、仙岩凝霭、玉洞含烟、禅楼倒影、寒泉时涌、海轮朝升、西麓悬崖、虹桥流水、龙坞疏篁，蔚为壮观。冠山神山钟灵馥秀，山如彩屏，水似玉带，集儒、释、道于一体，熔古今文化于一炉，闻名遐迩，宛如颗颗璀琛明珠，散落于冠山的山水之间，构成一幅水色山光的国画。各地文人名士，纷至沓来，写下很多赞美的诗篇。

神山除冠山书院外，儒释道俱全多神并存也颇具特点。从书院出来，步至东麓，有通仙岩，岩下有一古井，号称仙岩第一泉，是冠山乡贤明代晋州知州李日煊所辟。因泉自岩下涌地而出，清而蓝，"挹而味之清芳异俗，与沆瀣之气相类"，故又称"玉泉"，列澄海六处名泉之一。

冠山乡共有几十个姓氏，却无姓氏之欺，自古就和谐相处，并有以游神赛会等方式来凝聚乡谊、增进团结、庆兆丰年、奋发共勉的良俗。至今，还保留着隆重壮观、遐迩闻名的"赛大猪"拜祀妈祖和关爷的盛举。这种古朴的民风和人文氛围与冠山书院的熏陶和影响密不可分。

# 沿南溪行登虎丘山观摩崖石刻

韩江是潮汕平原的母亲河，广东省第二大江，中国东南沿海最重要的河流之一。古称员江、恶溪、鄂溪，后为纪念韩愈，改称韩江。韩江源出赣、闽、粤三省交界山地，分东、西、北溪流经澄海注入南海，全长约470公里。

介乎东溪与北溪之间，有一道人工开凿的河流，叫山尾溪（现叫南溪）。宋哲宗时，盐场官李前，动用了大批的人力，在程洋岗的北面，开"山尾溪，上通韩江，东行十五里，至神山（即狮山）前，会合水寨溪（即东里溪）入海"，溪长10.5公里，沟通了东溪和北溪的航运，与韩江北溪汇流合成东里溪，流经东里桥闸，于义丰港入海。

早晨，从梅浦头沿南溪一路西行。这时，晨风徐来，水波不兴，初升的太阳照耀江面，平和宁静。晨光下的南溪河，静静地流淌着，两岸遍布竹林、蕉林、龙眼树林、火龙果园、鹅寮……溯流而行，眺望莲花山脉，尽情享受着潮汕山水醉人风情。路旁草长水静，芦苇轻荡，花果飘香，蜂蝶轻唱。田里绿意盎然，生机勃发，一派宁静平和的田园风光，想起范成大的"日长篱落无人过，惟有蜻蜓蛱蝶飞"。

沿河堤行走，人稀罕至。偶遇一只大黄狗，从梅浦头一路跟随。当我停下拍照时，它便在路边觅食等待，当我行走时，便甩着尾巴在前方奔跑……一路跟随十余里，直至虎丘山麓公路边。狗通人性，毕竟殊途，很是不舍，不胜感激。别过大黄狗，离开南溪河堤，沿公路东行不远处，便来到了千年古村落的程洋冈虎丘山麓。踩着石阶拾级而上，天气微热，山上树高蝉鸣，林木荫翳，行人稀少，环境清幽使人心生凉意。

　　一千多年前，这里还是南海中的一个小岛，扼韩江之咽喉，是潮州出海的重要门户，当汕头还不存在时，这里的凤岭古港已经是海上丝绸之路的重要码头。陆秀夫带着宋帝南逃经过这里，潮汕祖先们乘着红头船出海闯荡从这里出发，陆秀夫、海瑞、刘墉、康有为、蔡元培、饶宗熙等诸多名人都曾在此留下墨宝。

# 秦牧故居，古巷深处那一所老房子

停驻浏览的风景不多，让我真正惦念的，是远在"天边"，近在"故乡"的秦牧故居。故居就在离家不远的隔壁镇东里，自2007年正式对外开放起，就一直想来探访，几次路经古港与故居"擦肩而过"，未能如愿，时隔多年，今天的一次偶然，终了心愿。

第一次听说秦牧，还是在读小学五年级的时候，那时，知道他的《花城》《艺海拾贝》，也知道他是澄海人，知道他是中国现代四大散文家之一，是一个在中国现当代文学史上响当当的名字。潮汕经商名人多如牛毛，学术、文化大师却为数寥寥，秦牧算是潮汕人中的另类和骄傲吧！

秦牧不姓秦，和这里的村民一样，秦牧姓林，本名林派光，又名林觉夫（东亚病夫觉醒之意）、林顽石，乳名阿书（小时候很喜欢读书），秦牧是他的笔名。

来时，故居大门紧锁。正当失望准备转身离开时，负责看管故居的阿姨刚好带着几位同志来办事。得知我来自广州，便让我一同进去参观。闲聊中，知道了这处潮汕典型"四点金"式民居有三百多平方米，是秦牧在出生香港、随父母旅居新加坡后因为家道中落在少年时期回到家乡澄海时居住的活动场所。秦牧父亲叫林运三，是樟林村知名人士，写得一手好字，人称"运三爷"，早年海外发家，花了五百个龙银在故乡购置房产。

这是一座古老的庭院，经受了百年风雨，见证了历史的沧桑变故。

推开陈旧的大门，进入院内，映入眼帘的是一间厅房，两边是侧房。进入左边侧房，里面的房间是秦牧父母的卧室，陈列着秦牧的手迹及其一家的照片。侧房外面还有一间小房，秦牧当年就和哥哥住在这房间里狭小的阁楼上。穿过侧房便是他的书斋。房间的陈设十分简单，但秦牧在此却博览群书，勤奋学习。在家乡读高小时，因老师喜爱新文学，秦牧开始接触了鲁迅、巴金、郁达夫等文学巨匠的作品。

在秦牧故居的各个展室里，可以看到少年时期的秦牧留在这里的生活痕迹，以及从秦牧夫人吴紫风那里收集来的秦牧生前生活用品和他在生命最后时刻留下的手稿、圆珠笔、放大镜以及跌碎的玻璃眼镜。

喜欢这种有故事的老房子。或许，每一所老房子都有它独一无二的过往和故事，当你置身其中时，便能感受，它沾染了主人的气质，铜臭味或者书卷气。

秦牧故居附近还有一座古祠堂，规模较故居还大。在祠堂门口，细细辨认一行警语："以德进，以本举，以言扬，相观而善，达乎朝廷。"

在另一座老宅，我也发现门前写着秀美的书法："夫天地者，万物之逆旅；光阴者，百代之过客。而浮生若梦，为欢几何？"文学家长于斯，又怎能不感受到宇宙的恢宏和人生的无常？于是乎，他终于选择将感想化于笔端，去抒发自己的种种思绪。

# 红树林海山岛风光

从金鸿公路盐鸿方向金丰桥下掉头，沿河堤水泥公路向东行驶，一路可观韩江下游义丰溪景色，在出海口处生长着一大片红树林。这里是韩江出海口，也是儿时海滨游玩的地方。

20世纪50年代以前，这里的浅海滩长着大片的天然红树林，后来由于围海造田的历史原因，大片天然红树林被毁掉。从1998年开始，澄海林业部门在这一带种植红树林，时至今日，这片绵延20公里的红树林，已长成全国人工造林面积最大的红树林区域，颇具"海上森林"气派，是红树林湿地重点保护区。

红树林湿地不仅景色迷人，对当地的生态环境作用更是重大。不管一年寒暑，任你站在海岸的哪一个地方，都会发现红树林湿地保护区群鸟翔集、千姿百态。每到候鸟迁徙的季节，林繁叶茂的红树林更成为候鸟栖息的圣地。红树林还是公认的"天然海岸卫士"，树木减弱波浪的作用非常大，在这里的一千多亩红树林已成为一道天然的防风浪的屏障，在防风、拒浪、护堤、固岸、抵御台风、海啸及天文大潮中都起到了决定性的作用，保护着这一方水土。

从澄海溪南六合围义丰溪嘴，过歌山关，便到达饶平海山镇。这里是潮州唯一海岛镇。海山镇地处闽粤交界的饶平县南端沿海，四面环海，东临柘林湾、南望南澳岛、西接澄海，北倚黄冈。通过大规模的人工围海造田，使海山岛与大陆相连。主要由南北两岛即黄芒岛、坂上岛及诸多小屿组成，诸岛屿统称为海山岛。

不如追风去

顺着海山公路直达欧边村码头，欧边码头与汛洲岛之间是约1公里的小金门水道。站在码头北望，海面湛蓝而平静，近处是密密麻麻的海水养殖网箱渔排，每一个渔排的中间搭有小木屋，雅称为"海上人家"，人们誉称为"海上牧场"。对面是汛洲岛的下乡村，充当渔民出入海岛的交通工具的十来艘小机船往返于海山岛与汛洲岛之间。登上小机船，在渔排的水巷中穿梭而过，用不了几分钟就停靠在下乡村码头。

汛洲岛位于海山岛和西澳岛之间，是海岛村，广东省革命老区，因古代官府在岛上建汛地兵营，且岛上居民多从事渔业，注重渔汛，故名"汛洲岛"。岛内山陵起伏，怪石嶙峋，自然环境幽美，林木葱翠茂密。岛上有长达10公里的海湾沙滩，海底坡度平缓，沙质洁净，是优良的海滨浴场。域内高峰期集结10万只以上的国家二级保护动物黄嘴白鹭，十分壮观，称为"白鹭天堂"。

讯洲岛还是中华白海豚自然保护区。中华白海豚因其珍贵稀有而被称为"海上大熊猫"，是中国仅存的国家一级保护鲸豚哺乳动物。中华白海豚喜欢栖息在亚热带海区的河口咸淡水交汇水域，对栖息地的要求很高，水质不好的海域基本无法存活。

海山海滩岩田是海山岛内一处珍贵的地质资源，位于海山镇黄隆南端海滨，是一处中外罕见的近海大面积沉积物，形成近5000年，由典型的胶结物——文石、高镁方解石泥晶，有孔介虫、海生贝壳、微体古生物及细沙等经长期堆积，在特定的地质条件下肢结而成的海滩岩田。面积约475公顷，形成一大整体，百分之九十埋藏于地下1—2米深的沙层下面，厚度最厚达10余米，最薄2-3米。其中最长一处约4000米，宽约12.5米，厚度10余米，面积750亩，裸露于地面，沿海滨蜿蜒绵亘，主体宽阔厚实，断面可见层理分明，间或有几个幽深可容上百人的洞穴。靠海一面经受了几千年的海浪拍打和风雨洗礼，至今依然完好。这表面褶皱成纹，嶙峋陡峭的自然地质地貌，整体形态酷似一条长龙，横卧于海滨，挡风阻浪。它的发现，对研究古代气候、地质、地貌的变化有重要研究价值，更兼有独特的旅游观光价值。地质专家将此誉为"面积之大世界罕见，中国第一的地质奇观"。被评为地质遗迹自然保护区——广东饶平海山海滩岩田省级自然保护区。

远在饶平海山这里，竟有座庙，专门纪念澄海三位美丽的姑娘——"三义女庙"。传说清代光绪年间，澄海外砂王厝乡有三个美丽贤惠的姑娘，大姐姓王名富娘，二姐姓林名雅娘，三妹姓谢名织娘。这三位姑娘自幼邻居，常在一起绣花织布，也粗通文墨，会唱潮州歌册。因意气相投，感情深厚，故结拜为异姓姐妹。结义三姐妹中，大姐富娘最为俊秀贤惠。因此，慕名前来求亲的人络绎不绝。一天，有个外号叫蒜头姨的媒婆，来到富娘家中，为澄城西门一富豪子弟亚禄求婚。说亚禄人品好，满腹文章，家中又有钱有势，富娘配上他，正是佳人才子，成双结对。富娘的父母轻信媒妁之言，满口答应，收下聘仪，将富娘许配亚禄为妻，但富娘是个心细的姑娘，为探究竟，她把心事告知爹娘，设法邀亚禄来家做客，以辨真伪。亚禄起初迟迟不肯上门，后来岳家再三相请，只好硬着头皮，带上丰盛礼物来做新仔婿。

富娘躲在房中偷看厅中的未婚夫，真是不看犹可，一看吓得魂飞魄散，只见亚禄头上无毛，一身粗皮，手弯脚曲，丑陋极了。又听父亲在考问他的诗文时牛头不对马嘴，竟作起赌场的纸牌诗来。可见亚禄是个胸无半点墨水的浪荡子。富娘顿时心境悲凉，流泪不止。待亚禄走后，便求爹娘退婚。父母也知误信媒妁之言，使女儿受屈，但怕招异议，退婚谈何容易，只好劝慰女儿说："人不可貌相，亚禄家中钱财富足，也不枉你一世享受。"

离婚期越来越近，富娘深感绝望，便把心思告诉结义姐妹说："今父

不如追风去

母误将我许配亚禄，退婚不能，若是被迫与这麻风赌鬼成亲，还不如投江清净。今生相别，望二位姐妹珍重。"富娘一席衷情话，触动了雅娘、织娘的无限心思，她俩想到自己将来也将会落得这样的命运，顿觉前途黯淡，万念俱灰，便对富娘说："大姐，我们结义之后，情同手足，你今既无生路可求，我们活着也无意义，不如一同死掉吧！"就在亚禄花轿到来迎娶之前一天夜里，"三义女"带上绳索，登上外砂河堤13亩码头上，三人捆在一起，跳下波涛汹涌的外砂河，香消玉殒了。

隔天，亚禄家的花轿早早到来迎亲，富娘的父母四处寻找失踪的女儿，他们打开富娘平时与姐妹们做针工的闺房，见房中空无一人，墙上留下一首遗诗：

> 臭头亚禄真正衰，头壳无毛如番瓜。
> 脚弯手曲蛤婆爪，全身净是癞疴皮。
> 麻风糜烂想娶妻，花言巧语来说媒。
> 义女岂嫁浪荡汉，宁投清流不再回。

"三义女"投江后，尸体流出南港，又被海浪卷至饶平海山石头滩。当时海山有几个设网捕鱼的渔民，因几天捕捞不获，那一天起网时，觉得沉重，暗自庆幸捕到大鱼，谁知起网一看，却是三个捆在一起的女尸：料想这三个姑娘，必是含冤受屈同寻短见的，遂起了怜悯之心，把三义女草草掩埋于石头滩上，并祷祝说："我们几个打鱼穷兄弟，今日捞到'义女'玉体，无钱购寿板、建墓地，亏待了姑娘！若是从今捕鱼获利，定修庙宇祭祀。"此后，这几个渔民果然碰上好运气，天天捕获很多鱼，大获其利，便在石头滩上筑起庙宇祭祀，题名"三义女庙"，供乡民朝拜，每逢初一、十五香火不断。

如今，矗立于饶平海山岛海滩的"三义女庙"，几经修葺，焕然一新，墙壁上书写着三位贞烈女子向封建婚姻抗争的事迹。各地游人接踵而来，驻足纪念三义女之外，盛赞潮人海上收尸的义举。

# 高美湿地：最美的落日余晖

　　高美湿地，一个辽阔漫无边际的角落，湿地上的云林莞草绿意盎然，随风起舞，仔细看还可以见到小螃蟹们在湿地上横行。最美的是黄昏时刻，出海口的云彩变化万千，搭配夕阳余晖相映在湿地的土地上，像是一幅水彩画一般。

　　高美湿地，位于清水大甲溪出海口南侧，由于泥质及沙质滩地兼具，加上与河口沼泽地带镶嵌在一起，孕育了这里丰富复杂的湿地生态，以及目前所知全台湾最大族群的云林莞草区，形成干湿相间伴有植物生长的复杂地形。因为地形多变，生态种类亦相当复杂，主要为鸟类、鱼类、蟹类及其他无脊椎类等生物。

　　地平线，夕阳，风车，远处星星点点的人，涂满滩涂的灿烂的橘色，那些踩在滩涂上的脚印，那些留在木栈道上凌乱的鞋子，那污泥里爬出来观望世界的小螃蟹，那些挂在芦苇上招摇的小鸟……

　　这是一个柔软的地方，它能包容你所有的情绪，也能让你思考自己的生活，让你感觉最接近太阳，最光明，也最昏暗。每个人来到这，都可以和太阳来一张最亲密、最孤独的合影。此刻，踩在脚下的泥巴和享受风景的心，都是柔软的。

# 日月潭

　　今天和同行一起游览日月潭，细细品味感受着从小在教科书里了解的日月潭，了却这儿时心灵中烙下的挥之不去的情结。断桥，驿站，日月潭。看青山荡漾水上，白鹭飞在林间，她的秀美，印在了心间。

　　登文武庙，庙坐东向西背山面湖，大有尽揽江山的磅礴气势，奉祀孔子、文昌帝君、关圣帝君、岳飞及从祀诸神，故称"文武庙"。在山门前远眺潭景，若披展图画，绕岸皆山，云水四合，"风光不减巫峡"。

　　泛舟游湖，赏心悦目，环湖胜景殊多，涵碧楼、慈恩塔、玄奘寺、山地文化村及孔雀园等。船在潭中行驶，可以真切地感受到山水的环绕，真的是"山中有水水中山，山自凌空水自闲"，人在画中行。

　　乘观光缆车，到九族文化村。沿路重峦叠嶂，潭水碧波晶莹，四面辽阔，群峰倒映湖中，优美如画。日月潭中有一小岛远望好像浮在水面上的一颗珠子，名珠子屿（光华岛），以此岛为界，北半湖形状如圆日，南半湖形状如弯月，日月潭因此而得名。

# 新竹清泉张学良幽禁地和三毛故居

从台中雾峰驱车到新竹清泉，约 140 公里。途中要走几十公里的盘山路，我们在群山里转了一个多小时才到达这里。这里位于五指山山腰，群山环绕，满目苍翠，溪水潺潺，温泉淙淙，环境幽静，再加上四周岗哨、宪兵跟随等"待遇"，称当年张学良在这里的生活为"幽禁"比之"软禁"更为贴切。

张学良和夫人赵一荻在 1946—1957 年间，曾被幽禁在这里超过十年。在新竹清泉以前有重兵驻守，这里的居民全是原住民，赵四小姐一直陪伴他相守一生，旁边有温泉可以泡洗，听说他 50 岁的生日愿望是放他出来还他自由，当局听到后却送来他的生日礼物——一根钓鱼竿，意思就是要他慢慢等吧。想少帅一代风流，亦曾手握重兵改写历史，大好人生时光却被囚山中，如龙陷深渊，令人嗟叹。

想起一首诗："赵四风流朱五狂，翩翩蝴蝶正当行。温柔乡是英雄冢，哪管东师如沈阳。告急军书夜半来，开场弦管又相催。沈阳已陷休回顾，更抱佳人舞几回。"人非完人，功过都已成灰，太多的过往，已然泯灭在了历史的凄风苦雨里，若要说清孰是孰非，岂能尽然，只能留下功过，任由后人评说。

离张学良幽禁地不远，穿过清泉吊桥，沿着山路缓慢上行，小路两边开着山间野花，溪水潺潺声不绝于耳，走着走着，就来到了三毛故居，她称之为"梦屋"的地方。三毛在 1983—1986 年租住在此翻译美籍神父写的《清泉故事》及《刹那时光》。在此山清水秀之地，文思怎能不会如泉涌。30年前她定居山中小屋，或许寻求心灵平静，或许寻求创作灵感，唯日日夜夜追忆挚爱"荷西"……

站在三毛故居前，依栏凭望着三毛望过的景色，流浪的心是三毛，或许也是自己。环走清泉的壑谷、吊桥，不难想象三毛为何对这里情有独钟。一代传奇作家，提早结束生命，人生苦短，她懂得价值之所在，短短48年，精彩绚烂。

"每个人心里一亩一亩田，每个人心里一个一个梦，一颗呀一颗种子，是我心里的一亩田。用它来种什么？用它来种什么？种桃、种李、种春风。"一位是中国近代史上轰动的"西安事变"主角、人称少帅的张学良，一位是20世纪80年代著名作家三毛，幽幽清泉梦，见证了张学良和赵四小姐红颜白首的世纪动人爱情，也承载了三毛的三载光阴。一湾清泉，几座吊桥，遍布的樱花，只消几眼就可把景色收入眼中，一切的感觉如此简单纯净。

不如追风去

# 鹿港，徘徊在时光里的小镇

鹿港，对于大多数人来说，是既熟悉又陌生的一个地方，熟悉是因为罗大佑唱的那首《鹿港小镇》，但鹿港究竟是什么，似乎又难以说清。

"一府二鹿三艋舺"，府是台南，鹿是鹿港，艋舺是台北万华区，当年台湾南、中、北部的三大繁华城镇。这里清代建筑、传统美食、老街、庙宇……使得鹿港就像一枚将时光封存的胶囊，悠悠的小资情调，优雅的民俗文物馆，值得慢慢体味。

在台湾人的记忆里，隶属于台湾台中彰化县的这个小镇有着特殊的地位。清代的鹿港千帆尽渡、商贾云集、人文荟萃，是仅次于政治中心府城台南的全台第二大城市，繁华犹似小泉州。然而随着20世纪80年代溪流泥沙的淤积，繁忙的商港渐被废弃，鹿港的黄金时代也一去不复返。

1982年，刚从纽约回到台北的愤怒青年罗大佑创作了自己第一首批判现实歌曲《鹿港小镇》。一曲风传，鹿港在华人世界名声大噪，不仅成为游人纷至沓来的"朝圣"之地，更成为在现代都市中追寻迷惘的人们的精神原乡。

"我的家乡没有霓虹灯。"这是词曲作者歌中、心中的鹿港，实际上今天的鹿港霓虹闪烁，老街古厝处于过度商业开发和现代建筑的围困之中。但这里毕竟还是有斑驳的砖墙、卖着香火的小杂货店、缓慢的生活步调和淳朴善良的人们，他们依然和先人一样虔诚信仰妈祖。

日暮乡关何处是？一曲《鹿港小镇》，唤起多少乡愁。时间无情地流逝，改变着我们与世界，全不顾我们是否情愿。无可奈何之余，我们越发眷恋心中的原乡与净土。这样的情结，罗大佑有，那些体认"台北不是我的家"的人、"逃离北上广"的人也有。只要我们还"徘徊在文明里"，我们心中就永远有一座"鹿港小镇"，因为那是我们"归不到的家园"、我们已失去的"曾经的拥有"！

曲折蜿蜒的小巷，红墙燕尾的古厝，香烟缭绕的庙宇，香案前虔诚叩拜的信众……直把他乡当故乡的错觉，因为这里太像家乡潮汕了。来到鹿港小镇，见到的第一座庙宇就是熟悉的"三山国王庙"，三山国王乃是家乡潮汕地区千百年来的守护神。如今的鹿港还留有60多座宫、殿、庙、寺，除了三山国王外，所供神灵从妈祖、玄天大帝、关公、城隍、观音到地藏王，应有尽有。

《鹿港小镇》所吟唱的"妈祖庙"——鹿港天后宫位于中山路上，草创于清康熙年间，奉祀由福建莆田湄洲天后宫恭请而来的二妈。天后宫至今仍香火旺盛，是鹿港最重要的信仰中心，台湾各地从鹿港天后宫分香出去的庙宇高达600多座，因此终年都有络绎不绝的香客回来进香，300年来，香烟熏黑了妈祖脸庞，因此信徒们均称其为"黑面妈"或"香烟妈"，可见香火之盛。天后宫精致的细部装饰、朴拙的石雕、正殿中神气活现的千里眼、顺风耳塑像，以及清乾隆、光绪皇帝御赐的御笔匾额等，都不容错过。

龙山寺，则是鹿港另外一个著名古迹和信仰中心。这座四进三院的北宋宫殿式建筑，完全依照福建温陵的龙山寺图样而建，就连寺中所铺的石板都是早期先民从大陆带来的压舱石。寺中石雕、壁画技艺高超，每个图案都大有寓意与讲究，犹如中国传统文化的"图画书"。

文武庙，包括文祠、武庙及文开书院，文武并立。文开书院是老鹿港重要的文教发祥地，文祠主祀文昌帝君，亦是昔日鹿港文人的精神信仰中心，文祠格局与文开书院非常相似，最大不同处在于文祠入口两壁题满了各式法书，为鹿港书法名家之作，颇有可观。武庙鲜红的外观颇为醒目，主祀关帝圣君，一旁配祀周仓、关平与赤兔马，均出自昔日福建名师的手笔。

在"曲里拐弯"的小巷中穿行，一路经过"米市街""板店街""打铁寮"等老街。虽然很多老屋已经破旧，门扉都裂开了，但从门前悬挂着古朴的灯笼雨伞，门楣上"松下斋""合德堂""岐阳衍派"等牌匾，还能一窥当年"小巷深藏文化宝，大门长挹古人风"的繁华与风流。

十宜楼附近有小规模的甕墙，但保存较完善的，首推"谢宅"，共有120只酒甕，独步全台。甕墙是传统鹿港民宅中一项极富特色的装饰，以空酒甕垒砌成墙，通风而美观，而酒甕多得可以拿来砌墙，也反映出鹿港昔日的富足。

鹿港的古韵，最集中于"九曲巷"。九曲巷并不止有九个弯，"九"在中国古代有至多之意，"九曲"也就是弯很多。鹿港濒临台湾海峡，入冬之后东北季风寒意逼人，先民采用迂回方式排列建筑以防风害，即便寒冬腊月，小巷内仍然温暖如春，造就了鹿港八景之一的"曲巷冬晴"。

九曲巷中有二栋著名的古厝景点，一是"十宜楼"，一是"意楼"。前者是一座红砖绿瓦凌空横越巷子的"跑马廊"，十宜指"宜琴、宜棋、宜诗、宜画、宜花、宜月、宜烟、宜酒、宜茶、宜博"，光听名字就知当年鹿港的富商与文人墨客，生活是何等多彩与惬意。意楼则是"庆昌古厝"中的一座阁楼，相传此楼曾居住着一对新婚夫妻，丈夫进京赶考却一去音信全无，妻子抑郁而终。这个凄美的爱情故事，让人联想到戴望舒的诗作《雨巷》——在每条悠长寂寥的雨巷，都可能有一个"丁香一样结着愁怨的姑娘"。

文采风流的鹿港，也还有一条名字粗鄙的"名巷"——摸乳巷。巷子已经有200多年历史，本身不过是房屋之间的一条狭长防火巷，逼仄之处仅容一人通过，如果男女穿过巷子时迎面相逢，难免身体接触，"君子礼让，小人摸乳"，因此得名。原来当地人嫌巷名不堪，另起"君子巷""护胸巷"等名。其实，不是名字好不好听，而是内心龌不龌龊。

鹿港民俗文化馆里面的陈列可以让人深入了解鹿港的历史与辜家往昔的豪门生活。这里原来是台湾望族"鹿港辜家"的老厝。古厝分为两部分，前面是辜家事业发达后建造的巴洛克风格的洋楼，是小镇上最华美的建筑，楼外的石雕装饰精雕细刻，美轮美奂。后面是闽南传统红砖厝，质朴无华。

辜家古厝的隔壁，是闽南传统建筑的代表——鹿港进士丁寿泉故居。这是鹿港硕果仅存的长条形街屋四合院，格局是"三坎五落两过水"，包括店面、一深井、一照厅、一中井、一大厅。而从丁家大宅大门出来，就是鹿港最热闹繁华的中山路。

# 行走台北，故国山河的回望

行走台北，参观国父纪念堂、故宫博物院、至善园、101大楼、台湾大学、师范大学，逛西门町、红楼、淡水老街、渔人码头……有一种时空交错的幻觉，似乎这座城市的今生与前世只有一步之遥。

那些鳞次栉比的繁体字招牌和匾额，让人有种时空错乱的感觉，重庆路、贵阳路、长春路、吉林路、成都路、潮州街、宁夏街……这些用大陆地名命名的街道，令人倍感亲切，恍惚间重拾那些曾经遗落的旧梦，当历史照进现实，却道是，念念不忘，必有回响。

行走在台北的大小夜市，闽南菜、客家菜、广东粥、贵州风味小吃……大陆各地的菜系在台湾都能找到，这里既保留了大陆菜系原有的特色，更糅合了当地饮食的独特风味，寄托着移民们淡淡的乡愁。

异地是客，心情轻松。行走在台北街头，不论参观、购物、上下车，所有人都会按序排队。乘坐扶梯，人们总是靠右站，腾出左边的空间留给赶时间的人。公车、捷运车厢里再拥挤，"博爱座"也是空着，留给有需要的人。看着那些和自己同样黄皮肤黑眼睛同宗同祖同文的同胞，和他们接触、攀谈、交流，那种陌生而又熟悉的感觉涌上心头。

有人说，旅行是从一个自己厌倦了的地方到一个别人厌倦了的地方。可是实际上，旅行是离开现有的现状，去到另一座城，看另一群人，生活另一种生活，呼吸另一种空气。而那些一直在路上的风景，才是最美丽。

# 再行台北，那些不容错过的美景

　　台北不大，却风情万种，时而高端，时而稚气，时而沧桑，时而文艺，时而动感……行走在这多元的城市光影里，新旧交融，兼容并蓄，感受特有的人文美感与空间视角。

　　时隔半月，再次来到台北，已经是华灯初上。行走在熙熙攘攘的台北车站地下街、新光三越站前店、北城门、市府路、101大楼，再搭乘捷运回到台北车站附近的旅馆，感受台北文化风情万种的夜市街头，灯火阑珊之间既饱含着人生的吃喝玩乐，又承载着现实的酸甜苦辣。

　　北城门为台北府城的正门，是现存唯一的闽南碉堡式城门。其坐落于忠孝西路、延平南路与博爱路交叉口，落成于清光绪十年，为台北府城五大城门中唯一保持建城原貌者，是台湾新式城门的代表作。

　　翌日清晨，搭乘捷运来到龙山寺站，这里是台北市一个古老城区——艋舺所在地，是台北的开埠之地、发展的起点。艋舺是台北最早形成的街市，是一个因河运而开始发展的内港。早年平埔族人以独木舟自淡水河上游载着番薯等农产品来到这里和汉人交易，渐成村落，艋舺一词即是平埔族语"独木舟"的译音。像电影里叙述的那样，艋舺是"台北第一街"所在地，不过最终因为排洋排外渐渐式微。或许正因民风保守，今天的艋舺仍保有许多传统佛具店、糕饼店、老旅社、青草巷，成为一个鲜活的庶民生活博物馆。

　　著名的龙山寺，就位于广州街与西园街交叉口，始建于清乾隆年间，是台北第一名刹，为台北香火最旺盛的寺庙，与台北101、故宫博物院等并列为台北旅游之四大胜地。龙山寺以其木雕工艺闻名于世，独特的网目斗拱、力道十足的铜铸龙柱，沉稳刚毅的看堵石雕，处处皆是雕刻工艺中的上乘之作。现今除了祭祀之外，还吸引了无数来自四面八方的游客，更繁荣了这里的香火。进入寺内，刚好赶上每天早晨八点的诵经法会，有种静谧神秘的美，即使虔诚诵经上香许愿的人那么多，却仿佛只听见内心的声音。心存敬畏，感受着信仰的力量。

艋舺青山宫位于万华区贵阳街，坐南朝北，宫前紧临街道，形成纵深的街屋建筑，包括前殿、正殿和后殿，入口正面以石雕为主，花岗石与青斗石并用，雕工细致，日式风格极为浓厚。前殿除了奉祀青山王并青山夫人显庆妃外，左右祀奉监察司、长寿司、奖善司、阴阳司、福德司、罚恶司、增禄司、速报司及枷将军、锁将军等。艋舺青山宫后殿为旧式神殿，其柱、梁、门、窗皆以木材建造而成，古色古香，耐人寻味。

艋舺清水岩祖师庙，俗称祖师庙，与艋舺龙山寺、大龙峒保安宫合称为台北市的三大庙门。艋舺清水岩祖师庙建于清朝乾隆二十五年，是福建安溪的移民从原籍的湖内乡清水本岩分灵而来。清水祖师传说诞生于宋朝福建永春县，俗姓陈，名应，也名昭，施医济药、为民祈雨救旱，乡民为了表达心中的感恩，在清水祖师所居住的蓬莱山石室建精舍，名为清水岩，成为安溪地方的守护神。据说每逢天灾巨变前，清水祖师便会落鼻示警，因此又有"落鼻祖师"尊称。"为清水，为蓬莱，此地并分法界；是金身，是铁面，入门便见真容"是庙内现存的楹联。光绪皇帝御赐的匾额"功资拯济"也是庙内不可错过的看点之一。

剥皮寮，位于万华区广州街、康定路及昆明街所包围之街廓。早在清代，在台湾南、中、北部的三大繁华城镇就有"一府二鹿三艋舺"之说。所谓"一府"指的是台南府，"二鹿"说的是鹿港小镇，"三艋舺"便是万华区的老地名。如今，老艋舺的风貌伴着岁月的流逝大多不见了，只有这条有着怪怪名字的街道还依稀可见艋舺时代的韵味。几百年来，艋舺街市逐渐往东扩展，随之而起的龙山寺等寺庙，成为地方信仰与民间生活的中心。当时，位于艋舺东南边界的剥皮寮更是清代往来商旅进入市街必经的主干道。现如今的广州街取代剥皮寮老街成为主干道，老街逐渐没落为后街小巷。仅三四百米的街道，大约三米宽，蜿蜒两侧的是一二层高的砖木结构房屋，红砖映衬黑瓦和深褐的木门、木窗，这就是剥皮寮老街的风貌。这里既有清代街屋，精致日式洋房，也不乏闽洋融合混搭的骑廊建筑。

1996 年，台湾导演侯孝贤的故事片《恋恋风尘》就在剥皮寮"太阳制本所"取景，诗意镜头、写意风格，惊鸿一瞥地留住剥皮寮的风华。电影《艋舺》中黑道大佬的居所就是在这条街上取景，影片曾经在台湾红极一时，除了讲述了一段令人揪心的台湾帮派往事，也重新带红了这条逐渐被人们淡忘的老街——剥皮寮。如今，时光的流逝使这些建筑斑驳颓然，一派古旧气息。世易时移，剥皮寮老街虽然繁华不再，但古韵犹存。不同于气派的旧时官衙，也不同于奢华的商贾故居，它的独特之处，是留存着历经了清朝、日据、光复三个时期百余年的常民遗风，无疑是探寻台北古早味的绝佳之地。

在通往捷运站的途中，顺路来到位于附近的糖厂文化园区参观。这是由台糖台北仓库的古迹建筑改造而成，保存了一些以前糖厂的历史文物、简历、设施等，有三座旧式红砖仓库、五分车及月台，是台北重要乡土教育资源。

下午搭乘捷运文山内湖线到动物园站，这里有台湾最长，首座具有大众运输性质的缆车——猫空缆车，简称猫缆，路线由台北市动物园西侧至猫空地区，全长 4.03 公里，设有 4 站。亮点之一就是"猫缆之眼"的水晶缆车，整个车厢包括底部都是透明的，掌握 360° 的美景，可将猫空一带秀丽的山峦风光和台北市区尽收眼底。游览猫空除了乘坐缆车之外，还可由步道造访猫空，不仅可以慢赏景色，还可以避开人群，漫步于安山岩和松木栈道，沿途林荫苍翠，虫鸣鸟啭，尽享悠闲。猫空位于茶区，不过这里可不仅仅只能看茶树，还可以参观出名的壶穴地形，还可三玄宫、天恩宫、指南宫、樟山寺等人文景观，也可以在茶推广中心和茶壶博物馆等体验跟茶有关的文化和知识。站在樟山寺，如果天气晴好的话，可以一览整个台北的风光，所以猫空也是欣赏台北夜景的好去处。

一次旅行，不需要华丽，也可以带来心灵的滋养。在台北行走，不仅是游览每个景点，更多的是体会途中与你偶遇的那些人、那些事、那些景留给你的感受。佛与凡夫，悟与迷，此岸与彼岸，只是生活态度的出入而已。所谓无所住而生其心，心的转变，坦然面世。来者不去，去者不留。探寻之路，是历经曲折之下的悠然所得，源于心灵的追求和自足，不惊慌、不挣扎、不焦虑。

# 大溪老街，一个活在历史里的街道

行走桃园的大溪老街，如同走进时光隧道。这里山清水秀，民风淳朴，拥有繁华岁月遗留下的精致的古老建筑、古风遗址。迄今，大溪老街仍保存着昔日雕饰精美的街廓以及隐身于街头巷尾间的传统行业，老街、庙宇、古道、家庙……仿佛一位老者轻声低诉着过往的历史。

大溪老街是和平路、中山路和中央路三条历史街屋的合称。拥挤地坐落着众多闽南风格的红砖牌楼和巴洛克艺术风格的牌楼，从老街残存的华丽街屋中依稀可见昔日的风华岁月。大溪在清嘉庆至光绪年间，曾是大汉溪河运货物集散中心，有过一段繁华岁月。商家洋行多集中在和平老街一带。难能可贵的是，尽管河运没落，繁华变迁，这三条老街却能保留原貌，并结合大溪其他文化与历史的魅力，让大溪镇还原过去的风华。

来到大溪，值得一尝的是这里的"豆干"。大溪特产以豆干最为著名，用天然泉水制作的豆干，香甜嫩弹，这就是大溪豆干的特别之处，其中，大溪的特产黑豆干，用独门酱料熬出来的黑豆干口感更是独特。大溪最有名的是已有50多年历史的"大房豆干""老阿伯现卤豆干"等。除了豆干，街道上最负盛名的，还有传统滋味的"三角汤圆"，当地人最爱的早餐面店"达摩面店""AMY 起司乳酪"，有 60 年历史的"永珍香"等小吃甜点。穿梭在大溪老街，还能不时发现藏身街巷里弄间的现已大多失传的传统行业打铁铺、木工铺等，边吃边逛那些历史悠久的家具行、木雕行、中药行，感受大溪浓浓的复古风情。此外，还有百年码头石板古道、武德殿……都值得细细慢游品味。

在这个越来越现代化的时代，越来越觉得那些已经逐渐消失的老街和古村落，家长里短的味道更值得回味。然而，时光不可以逆转，总会徒留伤感。每每漫步于所剩无多的充满着怀旧风情的老建筑、古村落间，就会发现，已经掩埋于城市钢筋铁骨中对于美的渴望，渐渐苏醒。

台湾很小，以至于只记得热闹的夜市、清新的书店、繁华的商圈；台湾也很大，以至于只记得台北绚丽的夜色、高雄繁忙的港口、花莲清净的农场。可是，台湾的美，却不止这些。

一条老街，惊艳了世人，也婆娑了时光。

# 行走台中，遇见美

今天上午来到台中中友百货的诚品书店，遇上中友百货的服务员正在为等候开店营业的客人和路人奉茶，小小的举动，却是无比的温暖宁静，这是对人的关怀和尊重，是茶与人的温情传递。品上这一杯杯清新的茶，无论是空气还是心灵的雾霾，都随之烟消云散。茶，是一份神秘的领悟，是一种奇妙的想象，茶道在心，奉的不只是茶，更是那份心意。也许，情义不过如此！

曾听说过"到台湾不到诚品，始终是不完整的"。在台湾也流传这样的一个说法：如果说101大楼是台北的地理坐标，那么，诚品书店则是台北的文化地标。今天特地来到中友百货大楼上的诚品书店，这里温馨的实木地板、优雅的店内陈设、丰富的中外文图书与缭绕的古典音乐，造就了独特的"诚品印象"，让人真切地感受到，买书是一种享受，读书是一种态度。

下午从诚品书店出来，走到附近的台中市孔庙和忠烈祠。台中孔庙与忠烈祠毗邻而建，孔庙采用仿宋朝四方形宫殿式建筑，正门是棂星门，门后有半月形泮池，池上有座碧水桥。殿内供奉孔子及其72弟子。大成殿两侧奉祀历代先儒之神位，后方则供奉孔子和诸圣贤祖先牌位的崇圣祠。

回来路过台中火车站，特地下车走了一下。这里位于台中市最核心地方，是台中标志性的建筑之一。台中火车站建筑历史悠久，被列为二级古迹。与后面新建的火车站相比，从外观上来看，它散发着浓浓的怀旧风格，这座红砖建筑混搭了日本建筑风格与文艺复兴风格。如今，现代化的脚步为这层质朴增添了流行色彩，在现代与古旧之间，呈现新旧杂陈的人文景观。

行走在散发着文艺气息的台中，持轻松之意，持欢喜之心，品茶识书香、赏古迹，是一种不错的体验和难忘的记忆。

# 行草悟道，悟景、悟美、悟芳香

草悟道，位于台中市中心一连串的绿地公园，总长三点六公里。其实用"绿地"这两个字来形容总觉不够贴切，这里汇集文化、创意、商机、自然、环保等多元价值，犹如从 2D 到 3D，从平面到空间的变革，以块状聚集着博物馆、美术馆、勤美诚品商圈，还有艺术品、美术品以及美食、商店，每一段规划都呈现出不同的特色和主题，时而紧凑时而静谧。其如中国传统书法"行草"般的动线设计，让行人如书写般恣意游走，景随步移，享受如行云流水般无拘无束的绿带生活空间，透过文化、城市、美学、环境的结合，让行人感受艺术乐活之美。

许多的城市越来越多沉浸在复制和复刻中，当所谓"高端大气上档次"的建筑鳞次栉比地呈现在你我的生活中，多数城市因为太多的重复，已经渐渐失去它的性格。而行走台中的草悟道，让心灵得以洗礼的静怡之地，暂时远离都市喧闹，暂时远离世俗烦扰。

"行草悟道"可以理解为行"草悟道"，当然也可以理解为"行草""悟道"。行走其间，"苔痕上阶绿，草色入帘青"，绿色的构成如行云流水，无处不体 现着自然、韵律和活力，如同书法行草，行笔锋回路转、酣畅淋漓的张扬，流畅之余却不乏含蓄和内敛，大概这就是一张一弛的运用吧。

一草一天堂，一笑一尘缘。这一切都是一种心境。心若无物，一花一草便是整个世界，世界也便空如花草。人生悟"道"，书法补"道"，有志得"道"。由此，学识阅历是我们随身的财产，我们在什么地方，我们的学养也跟着我们一起。

# 从彩虹眷村到秋红谷

在台中，有一个普通的平房式眷村社区，房子外墙上都涂满了色彩斑斓的水泥画，地上一条条五颜六色的颜色就像斑斓的雨后彩虹，用色大胆有趣，让人仿佛置身于彩色仙境中。起初，一位退伍老兵因为兴趣，在房子里用水泥漆随意作画，没想到越画越顺手，连着外墙的也顺带画了，不久便将这个村子都变成了童话中的彩虹村。

在台湾，眷村是有着特别意义的村子。眷村是指自 1949 年起至 1960 年，来自大陆的老兵及其眷属迁台后，为其兴建和配置的村落。眷村也是台湾文化与台湾历史里不可或缺的重要历史文化资产。这个村子后来要拆掉建大楼，很多老兵全都离开了，就只剩下了一户老人。

彩虹眷村，有着彩虹般的外表，却埋藏着心酸苦涩的内心。这位老人，在原本老旧的房屋墙壁、街道地面上，彩绘出了各式充满童真的画作。而正因为有这么多美丽的图案，这里才免遭被拆除的厄运。老人一个善意的举动，改变了一个村的命运！彩虹村虽然很小，但是每一个角落都是艺术，是一个老人对美好生活的向往、热爱以及尊重。站在这里会被目之所及的一切感动，生活怎么会灰暗无趣呢，倘若心中有彩虹，生命就会七彩斑斓。

从彩虹眷村出来，参观了岭东科技大学校园，午后，搭乘回市区的公车，在一个很有诗意的叫"秋红谷"的地方下车。

秋红谷广场，亦称秋红谷景观生态公园，是台中市中心一个挖下去的公园，这里原本是台中国际会展中心的预留地，后来因为工程持续延宕而不了了之，后来政府将此处改建为秋红谷广场，将此处原本因荒废而显得虚荒的水洼地，摇身一变成了观光的新景点，就犹如城市中的绿洲，舒缓了都市的尘嚣，在都市中也可以感受片刻的宁静。

秋红谷广场，兼具生态、景观、滞洪、排水与调节空气品质等功能，还种植了许多绿色植物，兴建了栈道、景观台、木栈广场等，让大台中更显得浪漫而艺术，让人感受到台中的宁静之美。

从一座面临拆迁的破旧眷村到声名远播的童话梦幻世界，从一个因工程烂尾的大厦地下车库而改建的城市生态景观公园，前后命运的改变，无不令人唏嘘，无不充满着人文与智慧，更有善良和慈悲！

# 寻找最美校园东海大学

今天参观素有"台湾最美大学"之称的东海大学。东海大学是台湾顶尖的私立综合大学，也是台湾第一所私立大学，1953年美国副总统尼克松主持东海大学奠基典礼。清新幽静的校园景色搭配古朴雅致的唐代风格校舍，让东海成为台湾最美丽的大学，吸引了海内外众多影片和新人婚纱照在此拍摄取景。

东海大学校正门简单低调，没有高大的校门，没有宽阔宏伟的广场，只有绿植掩映中于右任手书的四个大字：东海大学。走进校门，是以首任校长曾约农的名字命名的"约农路"，路上夹道的凤凰木宛若绿色隧道，这些树木高大而又虬曲生姿，随着季节变换着不同的美丽风景。漫步其中，仿佛踏入生态园区，处处婉转鸟啼，随处可坐卧小憩。

路思义教堂是东海大学的代表景观，也是台中的著名地标。是《时代杂志》创办人亨利·路思义为纪念父亲所捐建，著名华人建筑大师贝聿铭的经典之作，由四片双曲面组成，四面各自分离，中间以玻璃边窗连接。近观，像一双虔诚祈祷的手，优美而神圣；远看，恰似航向天堂的飞帆，引领着心灵飞扬。

文理大道是东海校园的主干道，两旁分布着各个学院系所。其设计理念来自美国开放空间概念，以及日本寺院的平台坡道，再融合中华文化的延续包容特性。如今，这条大道早已超越了最初连接各学院的功能。一格格的草皮，串联成犹如绿色瀑布般延展不尽的清新。行走在两旁的石板路上，享受着茂密榕树绿荫所带来的清凉，透过林间的缝隙，看到两旁建筑物祥和而巧妙的空间变化，令人不禁赞叹设计者的创意与巧思。

各个学院被茂密榕树所掩映，皆为唐代风格建筑，灰瓦红砖的合院形式。前方的宽广草坪，构成行政区与教学区似断复连的开放性空间。学院中，雅致的回廊上斗拱环柱，舒坦的庭园内草木扶疏，大树庇荫，给予师生们优美宁静的学术研究空间。

文理大道上的时光胶囊，这是一件时间雕塑，存放着东海大学的过去、现在和未来，记录着拓垦前辈们对信仰的追寻、奉献和希望。据说这个胶囊每 50 年打开一次，下一次的开启时间是 2050 年、2100 年……存放进新的纪念物件，也让当时的在校学生阅读前人的梦想，存放进自己的希冀。

穿过校园山坡上的图书馆和相思林，是有名的东海夜市。熟悉东海大学的人都会提到"东海牛奶"，东海大学牧场就位于校园西南的山坡上，在这里，能感受到质朴简约和人与自然的和谐融合。校园内的"乳品小栈"是一个人气很旺的地方，坐下来歇歇脚，品尝一下各式"质纯味醇"的鲜奶制品。

东海牧场的上方有个波光粼粼的东海湖，湖畔的"东美亭"亭名为蒋经国所题。坐在其中，可欣赏湖光水漾和夕阳。

行走在东海大学之中，校舍间间，却没有熙熙攘攘、满脸写着急迫的学生；庭院深深，却没有车来车往的人流。凤凰木茂盛，绿草茵茵，夹杂的石阶，还有头顶上飞翔着的蜻蜓。正如《指月录》中一句禅语所云："青青翠竹，尽是法身；鬱鬱黄花，无非般若。"

如今行走东海大学中，哪怕岁月穿梭，时光荏苒，看到这禅境花深的校园，像一个历经千辛万苦到达的驿站，又像一次新的启程，心中满是眷恋与祝福。

# 参观 921 地震教育园区

今天下午，走到位于台中乾溪河边的 921 地震教育园区。园区不仅完整地保存了强烈地震后所造成的断层错动、校舍倒塌、河床隆起等地震遗址，同时设有地震工程教育馆、重建记录馆、车笼埔断层保存馆、地震体验剧场、防灾教育馆等，堪称难得一见的自然科学活教材。让人深感自然灾害破坏力之巨大，防灾减灾救灾之重要。

1999 年 9 月 21 日凌晨 1 时 47 分，台湾中部发生里氏 7.3 级强烈地震，造成 2415 人死亡，29 人失踪，11305 人受伤，财务损失约 3000 亿新台币，为台湾百年来最大地震灾害。地震发生时，车笼埔断层错动抬升，隆起破裂的地表从乾溪河堤，经过学校的运动场、校舍，穿过校门、马路继续向北延伸，在运动场及校园中造成约 340 米的破裂面。当年灾后重建过程中，相关专家学者赴现场勘查后，看到学校基地的断层错动、校舍倒塌、河床隆起等地貌保存完整，建议于现址规划改建为"遗址型"地震纪念馆，让参观者了解大自然的力量造成的灾害及灾害的起源，建立正确的防灾观念，知道如何保护自己帮助别人，在承受巨大自然灾害后，都能为生命和生活找到出口。

整个园区展馆，从高处望去，其建筑呈线形，顺应断裂线走向蜿蜒开去，作为承重结构的 82 根预应力混凝土"半拱形"肋，犹如缝合地震裂缝的巨大线脚，暗喻以建筑之针来弥合大地的伤口。人世间最大的苦难莫过天灾和人祸，至少我们应该也必须避免能够避免的苦难，而撕裂开的伤口重要的不是"露"给别人看而是努力缝补，虽然穿过的每个针脚带着钢筋铁丝般地痛楚。

鲁迅曾经说过，悲剧就是把最美好的东西毁灭给人看。在地震灾害悲剧发生后，最好的防灾教育也许就是把灾后的"残骸"保留给人们看。在参观园区、体验地震剧场后，感触颇深。如果没有经历过真正的灾难，人类总是存有侥幸心理，直到有一天在毫无准备的情况下，灾难突然"由地而生"。也许正是随时随地都有可能面临危险，才让这里的设计真正能"震"撼人心。

921 地震教育园区，一个纯粹以科学教育普及为目的的园区，没有领导人的照片，没有对救灾的刻意宣传。人总是失去才懂得珍惜，灾难过后亡羊补牢，各种法规、标准都会修改而变得更加严苛，然而，长久的宁静也容易使人麻痹，安全措施久而久之很容易被忽视。如果能够经过冷静、深刻的反思，从技术层面加强科普，也许可以长期、广泛、深刻地树立防灾意识。真心希望我们今后的专业教育也可以借鉴这种方式，让灾难成为后事之师，才不枉为之付出的巨大代价。

# 行走中横花莲，最美的一处人间净土

2016 年 12 月 11 日，一行从台中出发，一路穿越横跨台湾中央山脉的中横公路、苏花公路，沿途游览了清境农场、合欢山武岭、燕子口、太鲁阁、清水断涯、北回归线标志塔、八仙洞、七星潭、多良车站……行走中横花莲，领略台湾最美的一处人间净土。

中横公路，全称为东西横贯公路，东起花莲县太鲁阁，西至台中县东势镇，横穿雄奇的台湾中央山脉，蜿蜒近 300 公里，简称中横公路。沿途景色瑰丽，瀑布、峡谷、吊桥、神木、温泉等尽收眼底。从 1956 年7 月至 1960 年 5 月，台湾的数万名背井离乡的退役老兵，以肩扛背驮、钎撬锤砸的原始方式，用了 3 年 9 个月 18 天的时间，硬生生在花岗岩上砸挖出了一条公路。为此，212 名老兵壮烈殉职，平均一公里就有一条人命。公路旁有一处长春祠和纪念碑，是为纪念殉职的老兵而修建。公路所经地形多样，从海平面直到海拔 3000 多米的合欢山区，诸多路段均系临渊凿壁而成，且隧涵桥梁相连，九曲盘肠，又因地处地质活跃带，常受塌方、落石的困扰，故被岛内司机视为生死险途。行走在这条用生命开凿出来的道路，仰头看悬崖峭壁上开凿的刀刀痕迹，铁锤和钢钎在岩石写下的笔记在岁月中愈沉愈浓，崇敬和沉重之情久久不能平息。

清境农场，周围可见层叠起伏的高山，因为地处赏雪圣地合欢山的必经路上，所以冬季上山赏雪的人潮络绎不绝。清境农场有一望无垠的青绿色大草原，悠闲散布在草原的绵羊、骏马为游客照相的主角。当地民宿多以欧式风格兴建，风格迥异且各具特色的民宿，成为清境农场的特色之一。

合欢山，又名合欢主峰，由于周边系由七座山峰所串联，与其合称合欢群峰，这里山势壮硕威武，山容秀丽多姿，台湾最长的河流浊水溪及大甲溪、大肚溪和立雾溪等均发源于此。主峰海拔3394米，是台湾最寒冷的地带，冬季白雪皑皑，素有"雪乡"之称。我们路过武岭下车，这里海拔3275米，是台湾公路最高点，云雾缭绕，细雨霏霏，温度只有几度，我们一路只穿了短袖衣服加薄薄的外套，感觉特冷。这里山势雄壮巍峨，云很低，好像伸手就可以抓到。

太鲁阁是原住民的语言，意思是"伟大的山脉"。走进太鲁阁峡谷，只见两岸奇峰林立，山壁如刀削斧劈，山上林木葱郁，谷中溪流湍急，崖壁上布满大大小小的石洞，名列台湾八景之一。

沿着立雾溪山谷的是坚硬的大理石岩层，燕子在窄窄的天空中呢喃穿行，断崖和连绵曲折的山洞隧道随处可见，这里就是中横沿线最著名的胜景之一——燕子口，地处靳珩桥与溪畔隧道之间，为太鲁阁峡谷的一段峭壁。顾名思义，这里是在道路上方大理石峭壁洞穴中住有许多小雨燕或洋燕，以至有"百燕鸣谷"的奇景现。沿着燕子口步道，步道中有另一个知名的景点为"印第安人头像"，可看到对岸的岩石造型宛如一个印第安人的侧面。

把山当作海岸并不稀奇，但把两千米高山当作海岸，一定是世界奇观，而在90°的临海绝壁上再开辟一条干线公路，那更是绝无仅有了。清水断崖位于清水山东侧，自苏花公路和平至崇德之间，绵延21公里。其中清水山东南大断崖尤其险峻，绝壁临海面长达五公里，非常壮观。当行车在山壁断崖与无垠汪海之间，好像腾云凌空，上有巨壁千仞，下是汪洋万顷，惊险无比，也感受前人拓荒筑路的艰辛，眼前所见正是一篇山海与人的壮丽诗篇。在这里还可以欣赏太平洋海天一色，山海对峙，以及海岸呈现多层次的蓝色惊艳。步行于旧道路，看着宁静的山脉，俯瞰海浪拍打岩石激起的波涛，感受阵阵的海风，宛如置身于一条上不着天，下不着地的空中走廊，令人着迷。

七星潭并没有潭，而是一片连绵不绝的海湾。七星潭海岸线绵延20多公里，多属于砾石摊，是唯一的大理石海滩，虽然远看靠近海的地方好像是暗色的沙滩，但走近会发现那些都是小颗粒的大理石，是个踏浪捡石的好去处。

北回归线，对我并不陌生，家乡汕头也在此北回归线上，见此，更是熟悉亲近。北回归线横过台湾的澎湖、嘉义、南投、花莲，我们见到的是位于花莲县丰滨乡静浦村的北回归线标志塔，东临太平洋，圆柱形，灯塔状，一柱擎天，标志塔的南北两面，上刻"北回归线"字样，圆柱中间有纵向狭长细缝，北回归线正从这里通过。两脚跨踏塔底中央的石板，一脚在热带，另一脚则在北温带，别有一番地理上的感受。

多良车站位于台东县太麻里乡，被评为"台湾最美车站"。站在月台上眺望太平洋风光，每当火车从面前山洞疾驶而过，配合背景的无限湛蓝，加上月台边的红色栏杆点缀背景的碧海蓝天，简单而纯粹的宽阔美景是不少游客与摄影迷最期待的一幕。多良车站纵然荒废已久，但因为媒体网络的分享报道，让这里如今人声鼎沸，到处是前来朝圣山海相依美景的人们。看着岸边雪白的海浪一遍一遍地拍打着礁石，冲刷着海滩，时间也好像就这样慢了下来。碧海蓝天、红色栏杆、青山火车成就了多良车站的美。在这里，离别忧愁与它无关，只有满满的期许和浓浓的情怀。

# 行走野柳，感受时间的力量

这里的海滩很特别，没有松软的沙滩，踩上去的每一步都很坚实。这里的地质"鬼斧神工"，因为潮水、海风、地壳运动等造就了海蚀洞沟、蜂窝石、烛状石、豆腐石、蕈状岩、壶穴、溶蚀盘等绵延罗列的奇特景观，自然形成了女王头、俏公主、仙女鞋、蜡烛台、冰激凌等众多奇岩怪石。

行走野柳，最大的视觉冲击来自对时间的感叹，千百万年的自然雕琢，留下岁月的奇迹；亿万次的海浪冲刷，带来了今天的鬼斧神工。所谓的"鬼斧神工"，其实力量就在于"时间"，这是生命力之所在。面朝大海，不是每一次都是春暖花开，人的一生也要经历无数的雕琢。

行走野柳，每一处的背后都有它自己的灵魂，这是大自然给我们的印章，是告诉我们很多事情是需要遵循天理和大自然的规律；这是大海用海浪谱写的一种韵律，被凝固在岸边，让几千年前海浪的韵味至今都回荡在耳际。

别处的浪花在海浪中开了又谢，唯有这片海岸上，那些盛开过的浪花被凝固了，成为一种文字呈现在野柳的岸边，让无数的游人来到这里阅读它的故事。

旅行的意义并不是告诉别人"这里我来过"，而是一种改变。它会改变人的气质，让人的目光变得更加长远。在旅途中，你会看到不同的人有不同的习惯，你才能了解到，并不是每个人都按照你的方式在生活。这样，人的心胸才会变得更宽广，我们才会以更好的心态去面对自己的生活。

# 行走高雄，体验宁静时光

来高雄的第一站是搭捷运到一个叫哈玛星的老街区，这里毗邻台湾海峡，是移民人口踏入高雄的起站，也是高雄现代城市建设的起源。走在这里的老街区，感受着这座城市的过去和现在。

走进代天宫，这里俗称哈玛星代天宫，前身为高雄第一个市府所在地，其建筑雄伟庄严，内部雕梁画栋，是出自名匠大师的精心之作，气势非凡。现今的代天宫不仅是社区居民的信仰中心，庙前的广场更是居民活动聚集的地方，也是代天宫的一大特色，广场前的小吃夜市常常吸引世界各地的饕客闻香而来。

从代天宫出来，行走于哈玛星的旧街区，发现高雄作为台湾第二大城市，高层建筑并不多，除了高雄地标性建筑——高雄85大厦外，其他建筑甚至比较老旧。其实不止高雄，走过的台中、台南等城市里的建筑物，并不像其他大城市那样整齐崭新。为什么不拆掉那些老旧的建筑，齐刷刷来个"三年一小变、五年一大变"？归其原因，在台湾，土地的所有权很多都是属于私人的，强拆强建是不允许的。不是说开发商有钱就可以随便买地建楼。更重要的，城市承载着一个地方的文化、历史，这些有历史有故事的老旧建筑，带点怀旧的味道，让人心里暖暖的！

穿过长长的西子湾隧道，就是台湾知名学府——中山大学，其坐落于寿山脚下、西子湾畔。美丽的风景和浓郁的文化气息融合在一起，风景不再是单纯的风景，文化也不再是单纯的文化了。

中山大学正门出来就是美丽的西子湾，濒临南海，与厦门隔海相望，是一处以夕阳美景和天然礁石而闻名的港湾，长长的防波堤是西子湾的标志。当来到有着"台湾西湖"美称的西子湾时，一下子就被那海天一色、碧波万顷的美景陶醉了，西子湾婉约清丽，明媚细致，是一种至纯至美。放眼远眺，远处是高雄港口码头船只进出口水道。大大小小的船只，有的停泊在海面上，有的扬帆起航。听说这里的夕阳最美。凭海临风，我心飞扬！

著名的打狗英国领事馆就位于西子湾附近的鼓山上。高雄以前的名字叫作"打狗"，这么乡土有趣的名字是怎么来的呢？高雄开发得比较早，高雄原来是平埔族原住民的居住地，因遍地竹林就取名"打狗"（平埔族语的"竹林"音译为"打狗"），于是"打狗"就成了高雄最早的地名。日本统治"台湾"时期，认为"打狗"这个地名实在不雅，便将地名改为"高雄"，因为日语的"高雄"发音和"打狗"的发音相近。说到打狗英国领事馆，又不得不提一下《北京条约》。《北京条约》规定开放鸡笼、打狗、安平、淡水四个港口为自由港口，于是英国率先在打狗设立了领事馆。领事馆是一座英式风格建筑，是台湾现存西式建筑中年代最为久远的建筑，号称台湾第一栋洋楼。打狗领事馆背面靠山，三面环海，居高临下，可俯瞰高雄全景。站在领事馆位置，高雄港口进出口船只一览无遗。打狗英国领事馆是一栋小小的二层楼房，砖红色的墙壁，白色的格子窗户，迂回宽敞的长廊，加上周围绿色的草坪和热带植物，优雅迷人的英伦风情让人沉醉。

路过哨船头公园，在鼓山渔港搭乘轮渡到旗津，旗津是个半岛，是一个狭长的海外沙洲，濒临台湾海峡。往旗津，搭渡轮是最惬意的方式，由鼓山渡轮站登船，在波澜微起的内海航行，可见旗津东岸林立着小港坞及起重架。约十分钟，就可抵旗津渡轮站。岛上独具特色的自然风光给人无尽惊喜，沿踩风自行车道一路骑行游览，看世界仅有几处的黑沙滩，骑过后山密境、星空隧道、贝壳博物馆等景点，还能在海鲜店、冰店、小吃店停留。海洋资源是旗津最大的特色，平缓的沙滩、大片木麻黄林、设计活泼的景观建筑以及蔚蓝海洋，构成海滨游憩的精选地带。漫步沙滩，远眺茫茫大海，隔着浅浅的台湾海峡，对岸就是家乡潮汕。古时的帆船朝发即可夕至……而此时的乡愁更是浓烈，虽来台才半个多月，"问君能有几多愁"，唯有乡愁最深情。

登上旗后山，山上有旗后炮台和旗津灯塔，都是清代古迹。旗后炮台为扼守高雄港进出口的咽喉，灰黑色厚厚的墙壁代表了200多年的历史。旗津灯塔，又称为高雄灯塔，为台湾本岛上的第二座灯塔（第一是鹅銮鼻灯塔），是台湾少数仅存的清代灯塔之一。在此可以放眼望到高雄市区景观，俯瞰对面中山大学校园和西子湾景区，远眺台湾海峡。

离开旗津，沿路步行前往邓丽君纪念馆，艳阳高照的天空突然下起了小雨。当冒雨来到位于高雄市河西一路的邓丽君纪念馆时，被告知此馆几个月前已搬走，搬去何处无从知晓。带着失落和遗憾离开，而此时也刚好雨过天晴。邓丽君这个名字，相信20世纪70年代以前出生的人都不会陌生。有人曾评论，邓丽君的歌是大陆一代人的音乐记忆、感情记忆、履历记忆，是属于一个时代特殊的文化符号。也许正因为此，任时光匆匆流走，她不曾离去，也无法告别，我们在她的歌声中寻找自己的情感，又在她的歌声中储蓄自己的回忆。

途中，路过一条清澈明丽、景色怡人的河流，这就是著名的高雄爱河，也是高雄的母亲河。这条河的名字从最早的打狗川，到高雄川、高雄运河，再到后来的爱河，可谓几经变迁。爱河，这么温馨浪漫的名字，景色又这么美，自然会吸引众多的情侣来此泛舟漫步、谈情说爱了。听当地人讲，以前的爱河由于工业污染和废水排放，是一条民怨沸腾的臭水沟。后来政府进行大力整治，净化绿化美化，爱河才变成今天的模样，成为一张靓丽的城市名片。

沿着爱河河边一路游览到真爱码头，从真爱码头可步行或骑单车前往渔人码头、驳二艺术特区、历史博物馆、客家文化园区、爱河之心等景区。依傍在爱河之上的真爱码头，以充满设计感的双座风帆造型闻名。在这里不仅可欣赏高雄市现代都市风貌，亦可一览河、港交织出的精彩港湾。码头附近还有供游人骑行与散步的木栈道，两旁树木丛生，空气新鲜。

与垦丁的安静柔美不同，高雄是一个更加充满活力和激情的城市，相较之下，垦丁更像是一个文艺少女，恬静舒心，而高雄则是一个青葱少年，你可以时常看到他在烈日下奔跑的身影，蓬勃而充满朝气。

# 垦丁之行

台湾之南的恒春半岛上，有来自太平洋的风，有碧蓝纯净的海滨，有唯美浪漫的白沙湾，有各具风格的特色民宿，有蔚蓝的天空，有翠绿的草原，有彩色的房子，有热闹的夜市，有闻名遐迩的鹅銮鼻灯塔……这里的一切，都忽隐忽现在文艺、小清新的格调里。我想，即便是没有《海角七号》这部电影，垦丁也是个美丽的地方。

这里是台湾的最南端，三面环海，东面太平洋，西临台湾海峡，南望巴士海峡。这里山水相宜，是"智"与"仁"完美结合的"天涯海角"。站在猫鼻头的珊瑚礁岩上，透过台湾海峡遥望大陆，乡愁就在对岸。

"垦丁"名称由来是清光绪年间清廷招抚局自广东潮州一带募集大批壮丁到此垦荒，为纪念这些筚路蓝缕、以启山林的开"垦"壮"丁"，而将此地名为"垦丁"。而在高雄往返垦丁的公路上，两次路过屏东的潮州镇，见到路边熟悉的三山国王庙，作为潮汕人，在这隔海相望的海峡彼岸，这些从历史到地理到人文都饱含着潮汕乡土气息和文化元素，无不让人温暖亲近。

# 佛光山行

在台中火车站搭乘台铁自强号到高雄火车站，下车后乘捷运到左营，再搭乘哈佛专线直达佛光山。佛光山，创建于 1967 年，是星云大师为提倡"人间佛教"之道，率领众弟子一砖一瓦建立起来的，其寺庙建筑宏伟庄严，并设立了佛教大学，是台湾最大、最负盛名的佛教道场。

佛光山分为佛陀纪念馆和佛光山新旧两大建筑群。专线车先来到佛陀纪念馆，该馆历时 8 年建成，于 2011 年底竣工。在入口处左侧，有一个如同航标灯塔一般高高矗立的白色圆柱，上书"佛光"两个醒目的红色大字，顶部有一个镀金的球体，在阳光下熠熠生辉，该建筑名为"问道堂"。

佛陀纪念馆坐西朝东，占地总面积 100 公顷，前有八塔，后有大佛，南有灵山，北有祇园。主建筑位于中轴线上，从东至西依序有礼敬大厅、八塔、万人照相台、菩提广场、本馆及佛光大佛等。

出礼敬大厅后，只见千米之外的正前方是端坐在椭圆形深褐色莲花宝座之上的如来佛祖，其实，佛光大佛是佛陀纪念馆的最后一座建筑物，但是因为它通体镀金，又位于整个建筑体的最高端，在风和日丽和蓝天白云的映照下金光闪闪，所以一走出敬礼大厅首先被吸引的就是佛光大佛。

在通往这个巨型佛像和纪念馆的道路两侧，各有四组对称的高大佛塔，被称为"八塔"，分别名为：一教、二众、三好、四给、五和、六度、七诚、八道，每个塔的基座有客堂和简报室，提供茶水和各种咨询服务，其中，二众塔设有三好儿童馆，借由互动 3D 剧场推广"三好"运动，所谓"三好"即星云法师倡导的"存好心、说好话、做好事"。

在左右佛塔两侧都有带顶的走廊，称为"南北长廊"，它们连接敬礼大厅与本馆，游客行走其间，即可遮阳避雨，累了也可坐在石椅上休憩，体现"给人方便"的意蕴。在南北长廊壁上镌刻有捐建佛陀纪念馆的功德芳名，显示"千家寺院，百万人士共建佛堂"的含义。

在通往敬礼大厅和佛光大佛坐像前的本馆之间有一条路叫成佛大道，它坐落在八座宝塔和绿地的中间，像是一条中轴线。穿过这条中轴线，就到了万人照相台。在这里照相取景，向东，身后是世界最高、最大的铜铸坐佛。面向西，则有八座庄严宝塔作背景。跨过万人照相台的 37 极台阶是菩提广场。

菩提广场两旁是栩栩如生的大迦叶、目犍连、舍利弗等十八罗汉石雕，值得注意的是，这群"男子汉"群像中还有三尊女性罗汉，她们是莲花色比丘尼、大爱道比丘尼和妙贤比丘尼。据说，这象征着佛教倡导的"男女平等"的精神。

在本馆前有中国佛教八宗祖雕像，其中我们比较熟悉的就是禅宗的达摩祖师和玄奘法师。本馆是佛陀纪念馆的中心，其塔身为覆钵式，像是一个倒扣的钵，内设三殿堂、四常设展、美术馆，还有可以容纳 2000 多人的大觉堂。它的基座四隅伫立着四圣塔，塔身壁龛有浮雕图像，塔内各供奉大悲观世音菩萨、大智文殊师利菩萨、大愿地藏王菩萨和大行普贤菩萨造像，象征佛教的苦集灭道、信解行证及四弘誓愿。

在本馆中，有玉佛殿、4D 电影院循环播放佛陀的一生、佛光山宗史馆、普陀珞珈山观音殿、金佛殿、佛教节庆、佛教地宫还原等影像资料。

本馆后方是佛陀纪念馆的最后一幢建筑——佛光楼，它高 12 层，内设有滴水坊供信众饮食休息。佛光楼上方的佛光大佛为佛陀纪念馆的地标。前面提到过，其实经过礼敬大厅最醒目的就是佛光大佛了，当你顺着中轴线走向本馆的时候，一路上都觉得佛光大佛在向你微笑着，越近越有一种它高大无比的感觉，越近越觉得有一种视觉的压迫感。

佛光山宗史馆用沙画、文物、图片、实物、影像等再现了佛光山宗师星云大师的生平。1949 年，星云大师离开大陆来到台湾，在 20 世纪 60 年代，他骑自行车带着喇叭走乡串户宣传佛教，自己写歌、办报刊、著书弘扬佛法。佛光山是在白手起家的艰苦条件下一砖一瓦创办成今天这种规模的，星云大师的毅力与感召力实在堪比愚公移山。如今，佛光山利用网络、电视广播、报纸、杂志等现代传播手段弘法，其事业不仅影响着台湾，还走向世界，创办了近 300 个寺院道场。

在佛陀纪念馆发放的小册子中有这样的描述：佛陀纪念馆就是一本佛法概论，它透过建筑、艺文、园林交织，借由净房（洗手间）、椅凳、游廊，还有欢喜的笑容，演绎佛法，呈现星云法师所提倡的"人间佛教"。本馆的造型融合了古今中外的风格，本馆的外观造型仿自印度窣堵波，四个角隅的四圣塔酷似印度菩提迦叶大菩提寺，成佛大道两旁的八塔是中国楼阁式，而敬礼大厅则是中国宫廷式风格。

参观佛陀纪念馆后，一路走到佛光山，佛光山寺院建筑规模宏伟，大雄宝殿、大悲殿、大智殿及大愿殿是四幢主要建筑，疏落有致地坐落在园区内。大雄宝殿占地 1800 平方米，是园中最大的殿宇，内供三尊大佛皆高二丈余，宏伟肃穆；大殿四面墙壁有 14800 个小佛龛，在万灯照耀下，使大雄宝殿更显庄严神圣。

佛光山最突出的标志是金身接引大佛，大接引佛左手下垂作迎迓状，右手举至肩，掌心向前，手指向上，表示"接引上天"。佛像全身贴金，每与朝阳暮霞相映，即见金光万丈，耀眼夺目。大佛脚下台基上排列着一圈与其相貌姿态相同的佛陀，从山下放生池到大佛前的两侧，也都排列着大于真人作接引状的佛像雕塑，据统计共有480座，皆镀金身，气派宏伟庄严，到此有如投身佛国。除此之外，佛教文物陈列馆珍藏着古今中外佛教文物多达数千件，值得一观。

佛光山之行，让我真正认识了星云大师，他的人和他的成就与佛光山的每一处细节都有着密切的关系。这里庄严肃穆、清纯洁净，没有香炉、烟火和名目繁多的花钱项目，只有宁静、存善。这里不仅是一座寺庙，更是一座学校，给人信心，给人希望，给人欢喜，给人方便。

灯红酒绿，繁弦急管。人们常常迷惘在急匆匆的脚步中，一不小心就沦落在苦酒里。行走于庙堂、馆舍、佛像、蓝毗园中，看着灯影、树丛里若隐若现的小和尚，听着缓缓潺潺的流水，全身心都轻松地思考，觉得一切都变得细微，小到可以闻到佛堂漫来的花香，"不要人夸好颜色，只留香气满乾坤"。一笔一画一拂袖，夜月夜影夜灯油。

# 走进厦门，邂逅寒冬里的暖阳

厦门，一座简约、精致、秀美的海滨城市。城在海上，海在城中。这是有着古老文化气息的城市，又是一个时尚浪漫和富有活力的都市。在这里，古老与现代，传统与时尚，悠闲与活力交织共存。

岁月在石板上流过，留下斑驳的痕迹。时间在小巷中走过，挥不去的是满目沧桑。这是一座需要静下心来，放慢脚步，细细聆听的城市，每一处建筑都有一段动人的往事，每一片海滩都有一段难忘的回忆。

南普陀寺，位于厦门东南五老峰下，面临碧澄海港。因其供奉观世音菩萨，与浙江普陀山观音道场类似，又在普陀山以南，进而得名"南普陀寺"，为闽南佛教圣地之一。

厦门大学，是由著名爱国华侨领袖陈嘉庚先生于1921年创办的，是中国近代教育史上第一所华侨创办的大学。紧邻南普陀寺，学生和僧人的学习及生活场景构成了厦大校园及其附近区域独特的风景。

厦门大学依山傍海，正大门与南普陀寺景区大门紧邻，另一边则是美丽的海滨沙滩与胡里山炮台，被誉为"中国最美丽的校园之一"。校园中有芙蓉湖和情人谷等景点，静谧而浪漫。除去自然的景色风光，厦门大学的建筑也很值得欣赏，这里的旧建筑被喻为"穿西装，戴斗笠"，意思是中西风格结合。

胡里山炮台位于厦门东南端海岬突出部，靠近厦门大学，是中国洋务运动的产物，始建于清光绪二十年，历史上被称为"八闽门户、天南锁钥"。胡里山炮台地理位置独特，东面与金门岛隔海相望，南与漳州临海，西与鼓浪屿遥相辉映，北面是繁华市区。

胡里山炮台上最有名的是一门 280 毫米克虏伯大炮，由德国克虏伯兵工厂制造，至今保存完好，有效射程可达 16000 米（最远射程 19760 米），1893 年花了白银 10 万两才购得，价格确实不菲。这台大炮曾被鉴定为"世界现存原址上最古老最大的十九世纪海岸炮"，并荣获大世界基尼斯最佳项目奖。

厦门给人的感觉，从没有什么大山大河的壮阔，也没有浓情烈酒的刺激，而是一杯温热的铁观音茶，清新，温暖。这里的旅行，不必起早贪黑，长途跋涉，而是随意、顺心走走。

曾厝垵是中国最文艺渔村，渔村是曾厝垵的前生。夜幕降临后，随着人潮人涌地往里走，去品尝厦门独特的美食，厦门味道也从沙茶面开始。文艺青年们散居在村子的各个角落，过着平淡又真实的"厦门"式渔村生活，这份宁静，正是他们想要的，也是前去小住的游客们所追求的。

时间终究不会为我们而停下，留下的，只有回忆，脑海中的阳光，沙滩以及心中的海阔天空……好旅途只是过往，有心存下这些时光的印记，只愿岁月静好，岁岁平安！

# 鼓浪屿：一个美丽而有故事的地方

乘船，在轻微的摇晃中，驶向那向往已久的彼岸。在船上看到的景致，别有一番风情。与岸上观景不同，这左右摇摆的山水变得灵动起来。间或几只白鹭飞过，留下的吉光片羽亦足够我们细细回味。登岸后，不知何处飘来一阵轻柔的音乐，带着我们开始了解鼓浪屿。

这不足两平方公里的小岛，却享有"万国建筑群""海上花园"的美誉，又得美名"钢琴之岛""音乐之乡"，是一个美丽浪漫的旅游景点，2017 年 7 月 8 日申遗成功，成为中国第 52 项世界遗产项目。鼓浪屿原名"圆沙洲"，明朝改成"鼓浪屿"，乃因岛西南方有一礁石，每当涨潮水涌，浪击礁石，声似擂鼓得名。

这里红瓦绿树掩映，海礁嶙峋，岸线逶迤，山峦叠翠，鼓浪洞天，菽庄藏海，皓月雄风……组成一幅幅美丽的画卷。作为世界文化遗产，每天接纳着数万人前来观光游览。对厦门来说，鼓浪屿的意义不言而喻。如果把厦门比作一个美女，那鼓浪屿就是传神的眼眸。

都说"不游鼓浪屿，枉费厦门行"，而来鼓浪屿，"不登日光岩，不算到厦门"。日光岩是鼓浪屿的地标和最高点，别名"晃岩"，相传 1641年，郑成功来到晃岩，看到这里的景色胜过日本的日光山，便把"晃"字拆开，称之为"日光岩"。登上日光岩，与大海苍茫一同收入眼底的，还有鼓浪屿的曾经与过往。

日光岩顶峰，由两块巨石一竖一横相倚而立，海拔 92.7 米，为鼓浪屿最高峰。据说当年郑成功收复台湾前曾在此屯兵，并设有水操台。

从日光岩往下看，鼓浪屿像一艘彩船，停泊于万顷碧波之中，时浮时沉，波光闪烁，仿若放置于翡翠盘中的盆景，错落有致。鼓浪屿上完好地保留着许多具有中外各种建筑风格的建筑物，有"万国建筑博览会"之誉。由此远眺厦门，碧海环抱，鼓浪屿海岸线迤逦，山峦叠翠，峰岩跌宕，大自然鬼斧神工造就了这里明丽隽永的海岛风光。

鼓浪屿上的菽庄公园，建于1913年，位于鼓浪屿岛南部，面向大海，背倚日光岩，园内各景错落有序，园在海上，海在园中，既有江南庭院的精巧雅致，又有海鸥飞翔的雄浑壮观，原是台湾富绅林尔嘉的私人别墅。园主人以他的字"叔臧"的谐音命名花园，有白水洋水景风光，有火山岛之礁石，又有兔耳岭高山草甸之美。

毓园，纪念人民医学家、我国现代妇产科医学的奠基人林巧稚大夫。林巧稚于1901年12月23日诞生在日光岩下一个教师之家。毓园之"毓"，就是培育养育之意，故纪念园取名毓园。

皓月园，坐落在鼓浪屿东南，濒临鹭江。为了纪念郑成功驱逐荷夷，收复台湾的历史功绩，在此建造了郑成功纪念园。郑成功巨型石像于1985年8月27日落成。雕像高15.7米，重1617吨，由23层625块"泉州白"花岗岩精雕组合而成。郑成功像面朝波澜壮阔的大海，身披盔甲，手按宝剑，形象挺拔刚劲，气势雄伟。

那块凌空耸立的巨石，目睹了郑成功及其将士们历经的血雨腥风，那一湾浅浅窄窄的海峡，见证了收复宝岛的伟大斗争。这一个如诗如画的小岛，深埋着视死如归的铮铮铁骨！斗转星移之间，浩荡的海水涤除了多少历史尘埃，唯有这鼓浪屿的波涛，依旧无声诉说着昨日的故事。

白鹭翩飞，鼓浪生波，海风轻轻地吹，海浪静静地摇，在一望无际的波涛之上，品读鼓浪屿，其实也是在回味历史与现实的交融、群体与个人的共生。海天悠悠，每个人都终将成为历史的过客，唯有此刻才是自己的归途。

# 瘦湖心仪久，有幸赴扬州

"两堤花柳全依水，一路楼台直到山"，名园胜迹散布在窈窕曲折的一湖碧水两岸，俨然一幅次第展开的国画长卷。一湾秀水，瘦了千年，醉了江南的湖，羞了塞北的山。两岸柳依，春如烟，夏如裙，冬如丝。扬州是我一直向往的地方，2019年夏，我终于来了。

夏日炎炎的瘦西湖虽不及烟花三月宜人，但也别有一番风情。"垂杨不断接残芜，雁齿虹桥俨画图。也是销金一锅子，故应唤作瘦西湖。"乾隆元年（1736），钱塘（杭州）诗人汪沆慕名来到扬州，在饱览了这里的美景后，与家乡的西湖做比较，在诗人眼中，扬州和杭州一样，市井繁荣，故称"销金锅子"，并通过与杭州西湖的对比，认为瘦西湖之名确实形象而贴切。

当去年流连于杭州西湖的时候，就在想，扬州有瘦西湖，又是怎样的美景呢？而这次来扬州，首站就奔着瘦西湖而来。小而精致的瘦西湖，似盈盈一握的美人，所有的美，都在眼前。

钓鱼台，小金山西麓，长屿伸入湖中，宛如仙鹤之颈。长屿入水，行至尽头便是方亭，黄墙青瓦，与五亭桥和远处的白塔呼应。整个瘦西湖人气最旺的景点，非钓鱼台莫属，相传乾隆曾于此钓鱼而得名。钓鱼台巧妙地运用了"框景"手法，成为中国园林"框景"艺术的经典之作。

从钓鱼台望去，映入眼帘的便是气势恢宏的五亭桥和白塔。五亭桥黄瓦朱柱，金碧辉煌，桥中设有一亭，其四角各有一亭，遥远看去煞有九五之尊之像。

五亭桥，建于清乾隆二十二年（1757），仿北京北海的五龙亭和十七孔桥而建。建筑风格既有南方之秀，也有北方之雄。中国著名桥梁专家茅以升教授曾评价说："中国最古老的桥是赵州桥，最壮美的桥是卢沟桥，最秀美的、最富艺术代表性的桥，就是扬州的五亭桥了。"

瘦西湖的白塔和北京北海的白塔是非常相似的，这里面有一段故事。乾隆一次游览瘦西湖，船到五亭桥畔，乾隆尽观四周，然后对随行的官员说："这里多像京城北海的琼岛春荫啊，只可惜差一座白塔。"随行的，有很多当时富甲天下的大盐商，听皇上如此一说，为了讨皇上欢心，不惜万金，诗画成图，连夜用盐堆砌了一座高塔。次日，乾隆打开窗帘一看，以为有白塔从天而降，非常高兴，同时也深感扬州盐商"富甲天下"名不虚传。乾隆离开以后，两淮盐总江春，集资仿北京北海白塔建造了扬州白塔。

凫庄建于1921年，是扬州乡绅陈臣朔的别墅。凫庄之胜在环于水而又凫于水，可以于此仰视桥亭之美，俯视游鱼之乐。

白塔晴云，原为瘦西湖二十四景之一，位于莲性寺北岸，坐落于瘦西湖风景区的中心地带。清乾隆年间按北京北海的白塔仿建。砖石结构，高30余米。该园门嵌赖少奇书"白塔晴云"石额。内设积翠轩、曲廊、半亭、林香榭等景点。

熙春台是二十四桥景区的主体建筑，这里也是扬州"二十四景"之一的"春台明月"。熙春台之妙，在于登上楼梯，俯瞰四周美景，更可听听扬州小调，古琴声中，不由感叹如此这般良辰美景。

"二十四桥明月夜，玉人何处教吹箫"。二十四桥，连接熙春台和望春楼，白石拱桥，桥步阶、栏杆均取二十四。虽然此桥是重建的，却还是不由得想起姜夔的《扬州慢》"二十四桥仍在，波心荡、冷月无声。念桥边红药，年年知为谁生"。虽然真正的二十四桥究竟在何处现已不能确定，而如今二十四桥依然在，千朵芍药为谁开？

二十四桥向北，是静香书屋。静香书屋是乾隆时代"水竹居"故地，中心为荷花池，南面是叠山，东侧长廊环绕书屋。与静香书屋隔水相呼的是西廊，西廊之中的碑石上，扬州八怪诸人书画作品甚多，亦有与扬州有关的名人书画精品。对景怀人，免不了感叹岁月匆匆，人生几何。

悬泉瀑布，飞漱其间，清荣峻茂，良多趣味。即使没机会见到那种"飞流直下三千尺"那种壮观的瀑布，在园中，微型的石壁流淙也别有韵味，白雾升腾，仿如仙境。

瘦西湖山水桥廊，花草树木，亭台楼阁，她没有北方风景的豪放狂野或是庄严肃穆，也没有江南风景的小桥流水或是青山碧水，她是一种婉转淡雅的美。

这里的园林与苏州齐名，一湾秀水瘦过杭州的西湖，青青柳烟美过江南的水乡。就连李白也不禁赞叹道："故人西辞黄鹤楼，烟花三月下扬州。"而长居于扬州的杜牧更是把瘦西湖形容的仙境一般："青山隐隐水迢迢，秋尽江南草未凋。二十四桥明月夜，玉人何处教吹箫。"此番游行，增益甚多。扬州，这座千年古城，留下的不只是这些古迹、名胜、风景，更多的是历史，是文化，是中华几千年的底蕴。

不如追风去

# 行走惠州西湖

惠州西湖，原名丰湖，素以五湖、六桥、十四景而闻名，其山川秀邃、幽胜曲折、浮洲四起、青山似黛，古色古香的亭台楼阁隐现于树木葱茏之中，景域妙在天成，有"苎萝西子"之美誉，并有"大中国西湖三十六，唯惠州足并杭州"的史载。历代以苏东坡为代表的400多位文人墨客曾踏足惠州西湖，正所谓"东坡到处有西湖"，苏东坡给西湖留下胜迹，而胜迹更因东坡而倍添风采。

从西湖平湖门前往孤山，有一条宽阔的石堤，名曰苏堤。此堤由苏东坡资助栖禅寺僧人希固所筑，后人为了纪念东坡的功绩，命名为苏公堤，简称苏堤。堤边广种相思树、垂柳，春游踏青，秋凉玩月，景色宜人，这就是八景之一的"苏堤玩月"，为惠州西湖增添了不少魅力。

惠州宾馆，原西湖八景之一的"西新避暑"，为丰湖东北角的披云岛和浮碧洲两个小岛组成。宋时，有东坡飞阁，建有西新园，内有留书楼、浩然亭、放生池等。西新清且胜，宛若憩瀛蓬，"西新避暑"因而得名。如今，行走在岛上，林木环抱，一片绿茵，楼、榭、轩、阁点缀其间，隐于绿丛，浮于水际，给西新避暑胜景赋予新的时代气息。

苏轼（1037—1101），字子瞻，又字和仲，号铁冠道人、东坡居士，世称苏东坡、苏仙。汉族，眉州眉山（今属四川省眉山市）人，祖籍河北栾城，北宋文学家、书法家、画家。宋绍圣元年（1094）四月，59岁的苏轼被罗列上"讥讪先朝"的罪名，贬为"宁远军节度副使惠州安置"。当年十月二日，苏轼携侍妾王朝云、三子苏过，经过半年时间的长途跋涉抵达惠州。

王朝云（1062—1096），字子霞，钱塘人（今浙江杭州）。因家境清寒，自幼沦为歌妓，却独具一种清新、高雅的气质。苏轼被贬为杭州通判时，一次偶然的机会，在一次宴会上看到了轻盈曼舞的王朝云，被朝云的气质所打动，娶她为妾，倍加宠爱。苏轼有一首著名的《饮湖上初晴后雨》："水光潋滟晴方好，山色空蒙雨亦奇。欲把西湖比西子，淡妆浓抹总相宜。"这首诗明写西湖旖旎风光，而实际上寄寓了苏东坡初遇王朝云时为之心动的感受。

虽然，苏东坡当时只是个有职无权的节度副使惠州安置。但是"为官一任，造福一方"。贬惠期间，苏东坡尽管仕途步入绝境，甚至连生计都成问题，但苏轼依然以他一如既往的乐观精神，"不以物喜，不以己悲"，寄情于惠州的山山水水，流连于鹅城的清风明月，遍尝岭南的四季佳果，享受生活的甘甜与苦涩。

进入惠州西湖，最引人注目的，莫过于泗洲塔了。泗洲塔始建于唐代中宗年间。宋朝，苏东坡谪居惠州时，称此塔为大圣塔，又称玉塔。当明月升起，凉风拂湖逐波而过，湖光灿闪，屹立在西山的泗洲塔，倒影入湖晃晃悠悠，诱得东坡先生口出"一更山吐月，玉塔卧微澜"的佳句，构成西湖游客赞不绝口的"玉塔微澜"一景。每当夕阳西下，"倒影入湖塔影长，湖光袅袅动斜阳。不知自起浮图日，几度金乌下复翔"，名曰"雁塔斜晖"。

苏东坡在杭州四年，之后又官迁密州、徐州、湖州，因"乌台诗案"被贬为黄州副使，这期间，朝云始终紧紧相随，陪伴在苏东坡身旁，和他一起过着颠沛流离的生活，成为他艰难困苦中最大的精神安慰。苏东坡性情豪爽，了无城府，常常诗词中畅论政见，数度因得罪当朝权贵而遭贬。在苏东坡的妻妾中，朝云最解东坡心意。有一次，苏东坡指着自己的腹部问侍妾："你们有谁知道我这里面有些什么？"一个答道："文章。"另一个答道："见识。"苏东坡频频摇头。此时朝云笑答："您满肚子都是不合时宜。"苏东坡闻言赞道："知我者，唯有朝云也。"人生得一知己，足矣！

王朝云随苏轼到惠州时，才30岁出头，而当时苏东坡已年近花甲。眼看主人再无东山再起的希望，苏轼身边的侍儿姬妾都陆续离去，只有朝云始终如一，追随着苏东坡长途跋涉，翻山越岭到了惠州。谪居期间，王朝云既操持着苏东坡的饮食起居，也分担了苏东坡的政治压力，自然成为苏东坡的心灵知己。正因为有王朝云的体贴和排遣，贬寓惠州的苏东坡，才能以朝中"罪臣"之身振作奔走，全力为惠州百姓筹捐集资、筑堤建桥，才能保持乐观豁达的心绪，给惠州留下187首诗、18首词、363篇散文、20幅书画。

然而，在苏东坡最需要支持和陪伴的人生低谷时，与之相伴了23年的王朝云，却身染瘴疾不幸辞世，以致62岁的东坡老人再次被贬儋州时，只能孤身携幼子乘船离惠。朝云死后葬于惠州西湖孤山，苏轼亲自为她撰写了墓志铭。为纪念苏轼侍妾王朝云修建的六如亭，亭柱上镌有苏东坡亲自撰写的一副楹联："不合时宜，惟有朝云能识我；独弹古调，每逢暮雨倍思卿。"并以王朝云生前喜欢的梅花为题，写就一首哀悼词《西江月·梅花》，词云："玉骨那愁瘴雾，冰肌自有仙风。海仙时遣探芳丛，倒挂绿毛幺凤。素面常嫌粉浣，洗妆不褪唇红。高情已逐晓云空，不与梨花同梦。"表达对这位与自己患难与共的红颜知己悼念之情，读来感人。

丰湖书院曾是广东四大书院之一，书院历来是承载精神气质和文化使命的标志及平台。丰湖书院典藏惠州精神，其"邹鲁人文"和"蓬瀛山水"为世人所景仰，其环境幽雅清静、湖光山色，成为惠州西湖之名胜。大门内是"乐群堂"，可容数百人，是讲学的大课堂。在正面壁上题书"敦重"二字。两旁悬挂宋湘撰书的木刻对联："遇事三思终有益，让人一步不为愚。"

几日来，唯有晨间早起和夜间行走于西湖各处，欣赏西湖美景，将别之际，再次登临孤山，凭吊东坡朝云，不禁感慨万千。东坡先生一生如那九曲桥几多波折，曾被流放到湖州、黄州、儋州、惠州，在如此艰难困苦中他都没有倒下，他都能把生活过得如此丰富多彩。正如他的《定风波》：

三月七日，沙湖道中遇雨。雨具先去，同行皆狼狈，余独不觉，已而遂晴，故作此词。

莫听穿林打叶声，何妨吟啸且徐行。竹杖芒鞋轻胜马，谁怕？一蓑烟雨任平生。

料峭春风吹酒醒，微冷，山头斜照却相迎。回首向来萧瑟处，归去，也无风雨也无晴。

东坡先生豁达的生活态度，值得我们借鉴和学习，人生至关重要的，就是拥有发现快乐和制造快乐的能力。一蓑烟雨任平生，也无风雨也无晴。生活不止眼前的苟且，还有诗和远方！身处美景中，放空一切心思，任凭双眼肆意地看，神思天马行空地游。沐浴着阳光轻风，呼吸着清新空气，纵是帝王将相，天上神仙，也不过如此快意。

不如追风去

# 一个王朝的背影：百年南门赵氏

在珠海斗门人心里，总有这样一句话，"没有珠海人，只有斗门人"，从南宋到新中国，从香山县到珠海市，斗转星移中，斗门走过了1000多年的灿烂时光，亦见证了这片土地的日新月异。

2012年，斗门被评为广东省历史文化名镇，斗门区南门村也被评为"中国十大最美乡村"，是广东省唯一获此殊荣的乡村。

今天下午，大雨，一行来到南门村接霞庄。接霞庄，原名赵家庄，位于珠江三角洲西岸，珠海市斗门区西北部。始建于嘉庆初年，已有200多年的历史。村中的赵姓人家系宋朝开国皇帝宋太祖赵匡胤之胞弟魏王赵匡美的后裔。赵家庄开挖的一条风景旖旎的护庄河，显得独具特色。清道光年间，赵家后裔赵维茂在苏、杭、汴梁、粤西等地从事茶叶与药材生意，经过数年辛劳发了家，后带着家眷从南边迁居至此，庄内居住的全是赵氏一族，固得名"赵家庄"。由于赵家庄地处霞山北麓，常有霞雾环绕于树林上空而被认为有祥瑞之兆，因此也称它"接霞庄"。到光绪中期，它已颇具规模，繁衍成非常繁荣的村庄了。庄内亭台楼阁，小桥流水，鸟语花香，绿树成荫，有如《红楼梦》中的荣国府大观园。

从清末、民国、到日寇侵华……庄子虽几经沧桑，庆幸的是仍存古屋14座，其基本面貌得以保存。庄园景色，包括旧屋、围基、子孙塘、护庄河等清晰可见，护庄河水清草美，尽显祥和宁静。且庄外四周亦未受任何污染，原生态风味浓厚，庄内绿树成荫，空气清爽，环境幽然。20世纪90年代，香港亚洲电视台拍摄以清末民初为题材的电视剧《再见艳阳天》，部分外景就选在这里。2007年，赵家庄被珠海旅游部门定为"斗门八景"之一。2012年，由鲍海鸣执导的历史人物剧《容闳》也在此地取景拍摄。

南门村菉猗堂及建筑群十分气派。菉猗堂，始建于1454年，距今已有600多年的历史，是宋太祖赵匡胤之弟魏王赵匡美的第十五代后人赵隆为祀其曾祖父梅南而建起，以曾祖父的别名"猗"立祠纪念。赵梅南是元朝的著名诗人，宋魏王之后，因其著有《菉猗诗集》，故命名菉猗堂。菉猗堂为赵氏宗祠，旁边还有两座赵氏祠堂，一为崑山赵公祠，一为逸峰赵公祠。三座祠堂一字排开，非常的雄伟壮观。菉猗堂（最左边的那间）大门上写着"菉瞻淇澳，猗颂商那"，藏头"菉猗"，进入一进，是一个天井似的院落，然后进入主堂，有一些简单的介绍和书画。菉猗堂布局为三进（前厅、中殿、后殿）四合式，进与进之间隔一天井。而且越进越高。建筑上使用了大量的石雕、砖雕、木雕、陶塑、泥塑等装饰，菉猗堂三进三座，依山面田，中轴线对称布局，木抬梁混合结构，蚝壳墙，龙舟脊、灰雕镬耳山墙做装饰，反映了珠江三角洲古建筑的典型特色。

三进里摆放了从赵匡胤以后历代帝王和魏王的画像以及简介，供奉着赵氏一族的列祖列宗，上面一面"忠孝义士"牌匾闪闪发光。民居民俗是一个地方的灵魂，是抛开华丽外表最质朴的文化遗留与传承。来到斗门，需要慢下脚步，用心感受斗门历史的深沉与文化的厚重。辗转于幽幽的老街古巷之中，漫步在宁静的石板路之上，遥望那古民居升起的缕缕炊烟，聆听树林中鸟唱虫鸣，享受这宁静安然的感觉。

# 记忆中最美的冬天之莫斯科印象

2019 年 1 月 19 日，我们一行 23 人组成了俄罗斯拼团自由行，由中俄两国高校俄语专业资深教师带队，从广州白云国际机场直飞莫斯科。经过近 10 个小时的飞行，于莫斯科时间 19：30（当地时间比北京时间晚 5 个小时）抵达莫斯科谢列梅捷沃国际机场，俄罗斯外教 Khristina 和她的同伴接机。我们乘坐大巴前往莫斯科市中心入住阿兹姆特奥林匹克酒店，开始了莫斯科、圣彼得堡 8 天之旅。

一到莫斯科，穿上雪地靴，踩在厚厚的积雪之上，有种踏实的满足感。眼前掠过的是俄式建筑，仿佛置身在了童话的世界里。

如果想寻访莫斯科乃至整个俄罗斯的历史脉络，莫斯科红场是最不可错过的一站，它见证了太多历史上的起伏兴衰。这里曾经是俄国抗击蒙古人最坚固的防线，莫斯科大公在战胜蒙古人后修建了克里姆林宫。此后，列宁、斯大林、赫鲁晓夫、戈尔巴乔夫、叶利钦、普京你唱罢我登场，而红场正是他们指点江山、挥斥方遒的大舞台。

克里姆林宫享有"世界第八奇景"的美誉，是俄罗斯国家的象征，是莫斯科最古老的建筑群、历代沙皇的宫殿，现在是俄罗斯总统府和政府办公地点。克里姆林宫始建于 1156 年，宫墙总体呈三角形，长 2300 余米，沿墙耸立着 20 余座精美的塔楼，高达 81 米的伊凡大钟楼是宫内最高的建筑，周围是红场和教堂广场等一组规模宏大、设计精美巧妙的建筑群。

走进克里姆林宫，穿过红色的塔楼就进入了沙俄黄的克里姆林宫的内部，门口左边有法军留下的数十门大炮，再往前是普京总统办公室。克里姆林宫作为俄罗斯总统府的所在，办公区域和开放区域严格分开。五座最大的城门塔楼和箭楼装上了红宝石五角星，这就是人们所说的克里姆林宫红星。

在伊万诺夫广场西边，举世闻名的俄罗斯铸造艺术杰作——炮王就位于伊凡大帝钟楼和十二使徒教堂之间，是世界上口径（890毫米）最大的火炮，"炮王"美誉当之无愧。火炮重约40吨，青铜炮筒装饰有浮雕、图案、铭文和沙皇费奥多尔一世的骑马像。有资料记载，这门铜炮当初是作为大型仪仗器具来设计和铸造的，用以显示沙皇的威仪，从未用于实战发射。

克里姆林宫钟王——沙皇钟，铸造于18世纪上半期，重量达216吨，高6.14米，直径6.6米，当时准备把它放在伊凡大帝钟楼上。不料，在1737年，大钟刚浇铸在模子里的时候，一场大火把造钟工场化为灰烬，人们在扑灭大火时，曾将水泼在炽热的钟上，结果一块重11吨的大铜片从钟身脱落，大钟在烈焰中破裂，被埋在废墟之中达99年之久。1836年沙皇尼古拉命令把它挖出来，运到克里姆林宫。因为大钟有一道裂缝，便成了哑钟，人们从来没有听到过它的声音，只能观赏它精湛高超的造型。时间不能修补残缺，但时间让残缺散发出了独特的力量。

教堂广场是俄罗斯最古老的广场，因为四周的建筑皆为教堂而得名。教堂广场是克里姆林宫的观光中心之一，自沙皇时代起这里就是俄罗斯东正教举行典礼、皇帝加冕、招待外国使节的地方。俄罗斯的政治中心，规模宏大的建筑群。来到这里，就知道用战斗民族来形容他们有多么表面了。站在广场中央环望四周历史悠久的圣母升天大教堂、天使长大教堂、伊凡大帝钟楼……一种厚重的历史感油然而生！

圣母升天大教堂，位于克里姆林宫内大教堂广场的北侧，被视为莫斯科大公国的母堂，历代沙皇都在这里举行加冕礼。天使长大教堂，里面供奉着大天使长米迦勒，是历代沙皇的主要墓地，至今保存有40多具棺木，介于大克里姆林宫与伊凡大帝钟楼之间。

莫斯科红场，占地规模只有天安门广场的五分之一大。广场正中央是列宁墓，四周围绕的是：沙俄帝国和苏联权力中心的克里姆林宫、莫斯科最经典象征的圣瓦西里大教堂、用红砖建造的国家历史博物馆、历史超过百年的古姆国立百货商城……都在这个广场上！红场既是莫斯科的一个地标景点，更是莫斯科的历史、莫斯科人的文化标志和体现，显得古老而又神圣。

圣瓦西里大教堂，是由九座大小不一的教堂组成，在洋葱头状的穹顶、螺形花纹的相互配合下，使得它成为全俄罗斯最美的建筑，甚至是俄罗斯特别的名片。作为俄罗斯的东正教堂，虽由九座教堂组成，但是每一座教堂都是由不同的风格、色彩、彩绘、雕塑以及造型组成的。没有中国建筑的对称美，却有了一份欧式建筑的华丽美，绚丽美。

传说瓦西里大教堂的修建是为了纪念一场战争，这场战争最终获得了胜利，然而在战争过程中，俄罗斯一方并不是一帆风顺，俄罗斯的军队更是受到了极大的挫败。就在此时，八位圣人的出现，为战争的胜利指明了前进的方向。为了纪念这八位圣人的贡献，伊凡大帝下令修建了瓦西里大教堂。八座塔楼代表了八位圣人，而中间最高的一座塔楼，则代表着至高无上的皇权。据说此教堂落成时，伊凡四世在惊叹之余，为防止设计者设计出更好、更完美的建筑，竟下令挖掉了他们的眼睛。

世界著名的十大百货之一的国家古姆百货商场，它是俄罗斯最大的商店。"古姆"在俄语里就是"国立百货"的意思，亚历山大三世于1893年12月2日亲自为古姆开业揭牌。与其说是商店，不如说它更像宫殿，极具欧洲古典风格的米黄色建筑和旁边色彩瑰丽的教堂和谐地组成红场上一道亮丽的风景。

列宁墓，位于红场西侧，由红色花岗石和黑色长石建成。在列宁墓上层，修建有检阅台，它见证了历史上著名的 1941 年红场大阅兵。列宁的遗体即安放于建筑内部的水晶棺中，身上覆盖着苏联国旗。脸和手都由特制的灯光照着，清晰而安详。虽然列宁曾要求去世后将自己安葬在圣彼得堡其母亲的坟墓旁，但是从 1924 年去世后，这位伟人却一直被安放在克里姆林宫的墙下。1994 年，被联合国教科文组织确认为"世界历史文化遗产"。

从墓室出来后不能直接离开，必须向西，绕过观礼台，到列宁墓的背后，去瞻仰"名人墓"。那里紧靠克里姆林宫的红墙有二十几座墓，整齐地排成一排，他们都是苏联时代功勋赫赫的人物。有加里宁、斯维尔德洛夫、捷尔仁斯基、朱可夫等军事家和政治家，也有作家高尔基、科学巨匠库尔恰托夫和人类历史上第一位宇航员加加林。这些墓的形状完全一致，在方柱式墓碑上端雕刻着墓主人的半身胸像。棺盖上平放一块黑色大理石板，上边刻着他们的姓名与生卒年月，并斜放了两枝红艳艳的康乃馨。人们必须在这些墓前逐个走过，才能从东边的出口走出红场。1953—1961 年间斯大林的遗体也葬在列宁墓，1961 年 10 月 31 日，被移出列宁墓。现在，他的遗体葬在"名人墓"。历史仍给他一个位置，那是因为他在二战中建立的不朽功勋，至今依然被俄罗斯人牢记不忘。

俄罗斯国家历史博物馆是一座建筑造型美丽且极具新俄罗斯风格的朱红色建筑物，在主体建筑物的两侧各有一座高耸对称的塔楼，还有装饰性的尖塔、三角檐与圆拱形窗户。博物馆兴建于 19 世纪，自西元 1883 年正式开馆以来，从未因任何原因关闭过，即使是在二次大战莫斯科被德军包围期间，也坚持持续开馆，不仅是俄罗斯历史的写照，也是目前最大的科学教育机构之一。

不如追风去

朱可夫元帅雕像位于国家历史博物馆大楼前，整个塑像用青铜铸成。这座雕像是在1995年建成，是一座19世纪的丰碑。朱可夫出色地组织和指挥了众多重大战役，成为二战中显赫一时的"传奇元帅"，先后获得列宁勋章六枚，十月革命勋章一枚，红旗勋章三枚，一级苏沃洛夫勋章二枚，"胜利"最高勋章二枚，以及奖章和外国勋章多枚。他在苏联卫国战争中的杰出贡献，使他作为与库图佐夫、苏沃洛夫相提并论的俄罗斯民族英雄载入史册。

亚历山大花园紧靠克里姆林宫西墙，一侧的无名烈士墓圣火长明，卫兵换岗一小时一次，被称为"国家一号换岗仪式"。无名烈士墓，为纪念反法西斯战争牺牲的无名英雄而修建，无名烈士墓上的墓志铭闻名遐迩："你的名字无人知晓，你的功勋永世长存。"据考证，这个无名烈士墓里其实只埋着一位烈士的尸骨，他是1941年底莫斯科保卫战中牺牲的，名字不详。无名烈士墓就以这位无名烈士，代表了卫国战争中牺牲的数百万苏军指战员。

察里津诺庄园位于莫斯科南部，是莫斯科著名的宫廷建筑园区。1775年，叶卡捷琳娜二世买下了这个村庄，将之改名为"察里津诺村"（意即"女皇村"）。1776年，为了纪念俄罗斯在第一次俄土战争中的胜利，下令修建了这座皇家建筑群。后来由于女皇对修建的皇宫不满，这座宫殿被拆除进行了重建，直到女皇去世，这座皇家园林始终没有建成。从1860年开始，这里建起了很多公园和别墅，许多著名作家如契诃夫、蒲宁、柴可夫斯基等人都曾在这里小住。2008年，为纪念莫斯科建城860周年，当局按200多年前拆除的宫殿重建了这座庄园，使之成为市民休闲游览的地方。

莫斯科大学，全称"国立莫斯科罗蒙诺索夫大学"。1755年，由教育家罗蒙诺索夫倡议创办、女沙皇叶卡捷琳娜二世下令建造的。1940年，正式以奠基人罗蒙诺索夫的名字命名。这所大学是俄罗斯规模最大、历史最悠久的综合性高等学府，享誉世界。主楼是莫斯科仅存的七座斯大林式建筑（号称七姐妹）之一。回望莫斯科大学高耸入云的主楼，不禁想起 1957 年毛主席在这里接见中国留学生时的著名演讲："世界是你们的，也是我们的，但是归根结底是你们的。你们青年人朝气蓬勃，正在兴旺时期，好像早晨八九点钟的太阳。希望寄托在你们身上。"

救世主大教堂，是世界上最高的东正教教堂，也是最大的东正教教堂之一。拿破仑战争后，由沙皇亚历山大一世下令修建，其目的是为了感谢救世主基督将俄罗斯从失败中拯救出来，并纪念在战争中牺牲的俄罗斯人民。大教堂的建造工作于 1837 年开始，主体结构至 1860 年基本完工，但完成内部豪华的装饰和壁画又花费了约 20 年的时间。1887 年最终启用的这座大教堂是莫斯科最大的教堂，可以容纳 1 万人左右，庄严而高雅，有 5 个镀金的葱头状圆顶，中央圆顶高 102 米。十月革命后，莫斯科市政府于 1931 年炸掉了这座珍贵的古建筑，打算在原地造 200 余米高的苏维埃宫，仅顶上的列宁塑像就高达 75 米。打了地基后发现设计有重大缺陷，只好停工，在地基上别出心裁地盖了座露天游泳池。政治巨变后，莫斯科市政府于 1994 年决定在原址重建基督救世主大教堂，花了 3 亿美元和 6 年时间，总算让历史回到 1931 年。

科洛缅斯科耶庄园，位于莫斯科南郊莫斯科河的一处河湾两岸，4 平方公里的公共绿地，环境优美，有很多建于 14—17 世纪的教堂和木质建筑，是一座古老的皇家行宫，历代莫斯科大公和俄国沙皇的避暑山庄。

进入城堡，穿过树林，一座灰墙的东正教堂呈现在眼前，这是建于 1649—1650 年的喀山圣母大教堂。教堂有 6 个洋葱头穹顶指向天空，天蓝色穹隆上镶嵌着闪闪发光的金星，门廊里有宽阔的楼梯，教堂后有白色的钟楼。

不如追风去

穿过前门是大片的山岗坡地，莫斯科河在山岗前蜿蜒流淌，坡地上高高矗立着科洛缅斯科耶最漂亮可爱的建筑——白色的耶稣升天教堂。教堂是莫斯科大公瓦西里三世为了庆祝其继承人伊凡四世（伊凡雷帝，第一位沙皇）出生而修建的。教堂犹如一枚在底座上就位的巨大捆绑式火箭，整装待发直指苍穹。这是俄罗斯第一座拥有木制帐篷状屋顶的教堂，世界文化遗产委员会评价这座教堂"对俄国教会建筑风格的发展产生了极大影响"。

一旁是欧洲古典风格的圣乔治教堂和圆形钟楼。这是在 17 世纪中叶沙皇阿列克谢修建的大木宫，拥有多个帐篷状尖塔和洋葱头屋檐，高塔、阁楼、亭榭层层相叠，全部建筑都用木头雕刻而成，没有使用一颗钉子，据说有 270 多个房间，3000 多个装有金饰的云母窗户，因其匠心独具富丽堂皇号称"世界第八大奇迹"，以此显示俄罗斯国力强盛，声名显赫。这是俄罗斯古代建筑风格的最后一座丰碑。不幸的是，这座建于科洛缅斯科耶城堡内的大木宫因年久失修在 1768 年被叶卡捷琳娜大帝下令拆毁。20 世纪末，建筑师和工匠们按照当时留下的建筑模型，在原址以南约一公里的地方以原样原尺寸复制了这座传奇式的木制宫殿。

进去参观 17 世纪皇家宫殿，里面有王公贵族公主贵妇的会客厅、办公室、卧室、娱乐室、浴室、厨房等家居家具设施，美轮美奂，奢靡至极。虽说也是复制的假古董，但却是严格按照原宫殿建筑师和装潢师留下的记录而非凭臆想进行装饰的。

从科洛缅斯科耶庄园出来，我们来到了莫斯科郊外世界自然文化遗产新圣女修道院的旁边，这里有一座世界上最豪华的墓地——新圣女公墓，其实，豪华的意义远非墓地本身，而是躺在这块土地上的伟大灵魂。新圣女公墓是欧洲三大公墓之一。26000 多个俄罗斯各个历史时期的名人长眠于此。

这里沉睡着普希金、果戈理、契诃夫、马雅可夫斯基、法捷耶夫、奥斯特洛夫斯基、米高扬、赫鲁晓夫、叶利钦，还有列宁的弟弟、戈尔巴乔夫的夫人、中国人王明……

俄罗斯首任总统叶利钦的墓碑酷似一面飘扬的俄罗斯国旗，由中国产的白色大理石、意大利产的蓝色威尼斯马赛克、巴西产的红色斑岩构成。国旗造型虽然看似单调，实际上寓意非凡，标志着叶利钦的一生功绩！

雕塑戈尔巴乔夫夫人的眼睛是向左看的，并且带有忧郁感。这是表现她对戈尔巴乔夫的惋惜和告诉人们左边的空地是留给戈尔巴乔夫的。

王明墓的造型中规中矩，赭色的大理石立柱上放置着他的半身塑像，面朝东南方，他是公墓中仅有三位中国人之一，另外两位是他的妻子和女儿，与其夫人孟庆树与女儿王芳妮的合葬墓隔了一条区间小道。

赫鲁晓夫的塑像是由三块白色大理石和三块黑色大理石搭起来的，中间是他的头像，表明人民对赫鲁晓夫的评价是毁誉参半的。他的整个脸虽然带着笑容，但在右腮上有三滴泪珠，表示他内心里是对自己的政治行为是有所忏悔的。

奥斯特洛夫斯基也沉睡于此，他的代表作《钢铁是怎样炼成的》广为人知。乌兰诺娃，苏联女芭蕾演员，她的作品《天鹅之死》《罗密欧与朱丽叶》《灰姑娘》《天鹅湖》《吉赛尔》等享誉世界。

公墓里的墓碑和雕像，每一座都是那样惟妙惟肖，栩栩如生却又极具个性。这些雕像或微笑、或凝神、或远眺、或沉思、或深情注目、或翩翩起舞、或怀忧默念、或追思遐想……在这里，墓主的灵魂与墓碑艺术的完美结合，让进到这里的人没有通常进入墓地时的悲哀、凄凉，而是充溢着心灵的震撼，精神的振奋和由衷的感动，如同在静静地读着他们的人生故事。

不如追风去

阿尔巴特大街，莫斯科市中心的一条著名步行街，起源15世纪，紧邻莫斯科河，莫斯科市现存最古老的街道之一。原先的街道只是一条羊肠小道，两边都是村庄。随后的城市建设过程中，小道也渐渐地扩充，路基扩宽，乡间小道转变为石砖大道，使得街道更多了一份古朴，淡雅。街道古老，颇具古色古香。漫步在阿尔巴特大街，便融入古老的街道，仿佛穿梭历史般，街道的每一条细纹，都是时间的馈赠。虽狭小短促，只八九百米长，十来米宽，俄罗斯风情却非常浓厚，俄罗斯人称之为"莫斯科的精灵"。

走在阿尔巴特大街上，你会感受到大街的艺术气息，长街的两旁，排列着琳琅满目的工艺品，俄罗斯经典套娃，草绳编制的小拖鞋，毡毛制成的小礼帽，各色的首饰……这里你的花费不会太高，却可以享受到俄罗斯的风情：豪放，婉约，浪漫。

这是一条非常有特色的街区，文艺范儿十足，是艺人和画家荟萃的天堂，同时完好地保存着许多古色古香的建筑，特别喜欢这些色彩各异的房子，感受到这个战斗民族铁血柔情的一面。

除了精美的工艺品，也有一些艺人所绘的画作，有肖像画，乡村画……甚至有人在街头现场作画，画得惟妙惟肖。

1月23日下午，我们在列宁格勒火车站搭乘开往圣彼得堡的动车。莫斯科有九个火车站，前往圣彼得堡的列车都在列宁格勒火车站。俄罗斯的火车站命名很有意思，是以目的地命名的。比如，莫斯科这个列宁格勒火车站，就是因为彼得圣堡以前的名字就叫列宁格勒；而在彼得圣堡开往莫斯科的火车站就叫作莫斯科火车站。

一座英雄的城市，在历史的篇章中屹立不倒，成就了一个又一个不朽的传说，任何人置身其中，都仿佛踏入了历史的秘境。莫斯科就是这样一座城市，一片让人流连忘返，离开还想再去的土地。

旅行大概就是这样，总有一些事一些人，让你重新爱上生活爱上自己。其实，每一次的旅行都是一场遇见，遇见沿途独一无二的风景，遇见与你生活在同一个世界却完全不同的人，遇见种种小惊喜，遇见暖到心窝里的小美好……因为这些遇见，每一场旅行才独一无二。

# 弥漫着皇家贵族和西方文明气息之圣彼得堡印象

2019 年 1 月 23 日 15：30，我们一行从莫斯科列宁格勒火车站搭乘高铁前往圣彼得堡。俄罗斯的高铁速度最高时速只有 220 公里 / 小时，莫斯科到圣彼得堡 700 多公里的动车之旅，需要耗时将近四小时。从莫斯科列宁格勒火车站开往圣彼得堡的到达站就叫莫斯科火车站。莫斯科火车站被称为"全世界最美的十大火车站"之一，与莫斯科之间，通常一日内有 15 趟以上列车，是俄罗斯仅有的一条高铁线。

到达莫斯科火车站，天色已黑，外面下起了大雪，车站周围的建筑有些模糊。出站和候车大厅的建筑看起来有些历史感，大厅的面积不是很大，两边是一个个的小商品店，大厅的顶很高，墙壁上画着巨幅的宣传画。说莫斯科火车站很美，可能是它的历史，和国内一些火车站相比，它没有国内车站豪华，也没有国内车站现代，想想它都存在一两百年了，能有现在这样的规模和设施应该是很了不起了。

圣彼得堡，可以找到无数溢美之词来形容她——这座俄罗斯帝国的首都、十月革命的发祥地、苏联"英雄城市"历尽 300 年风霜，从圣彼得堡、彼得格勒，到列宁格勒，最后又回到圣彼得堡，城市名称几经变化，但"艺术""历史""革命""荣耀"，永远是她的关键词。

普希金曾经说过一句话："大自然注定我们要在这里通过一扇窗户迅速踏上欧洲。"这扇窗户，就是圣彼得堡。叶卡捷琳娜女皇、沙皇亚历山大一世曾发誓，要把圣彼得堡变成欧洲最美丽的城市，他们从欧洲各国请来了一流的建筑师和工匠。因此，圣彼得堡的建筑是举世闻名的，它们风格多样，既保留了传统的俄罗斯文化，又吸收了西欧多个城市的建筑特色。如果用国内的两个城市做比较，莫斯科就好比是北京，而圣彼得堡恰似上海，透着骨子里的精致！

尘封在岁月里的圣彼得堡，美得让人不敢惊扰。普希金在这里为爱决战，安娜·卡列尼娜在这个城市想念着爱人，叶卡捷琳娜二世有太多和情人的故事在民间流传，时装女王香奈儿曾在这里寻找到她的爱情，才有了而今的 N° 5 香水……

圣彼得堡的建造，是沙俄时代一项前所未有的伟大成就，当年的彼得大帝不顾保守势力的反对，毅然决定要在一片沿海的沼泽地上，建立起一座俄罗斯的天堂，他最终获得了成功。1712 年，彼得大帝迁都彼得堡，一直到 1918 年 200 多年的时间里，圣彼得堡始终是俄罗斯的首都和文化、政治、经济的中心。无论是历史还是今天，圣彼得堡一直是俄罗斯最具西方文明气息的城市，而作为沙俄时期的帝国首都，她又处处让人领略到昔日皇家贵族的风范。

叶卡捷琳娜宫，是彼得大帝 1708 年为妻子叶卡捷琳娜一世建造的，也是其女儿伊丽莎白女皇，叶卡捷琳娜二世，亚历山大一世及尼古拉二世最喜爱的郊外行宫。这里曾经是两层楼高的木制宫殿。1744 年，由彼得大帝的女儿伊丽莎白女皇下令修建，并建造了极尽奢华的巴洛克式宫殿，取名为"叶卡捷琳娜宫"，以纪念她的母亲叶卡捷琳娜一世。宫殿所处的一带即被称为沙皇村或皇村，是历代沙皇的离宫，后因苏联伟大诗人普希金曾经在此学习，改名为普希金市。叶卡捷琳娜宫由蓝、白、黄三色构成，据说这分别代表着女主人蓝色的眼睛、白色的皮肤和金黄的头发。

叶卡捷琳娜一世：俄罗斯帝国第一位皇帝彼得大帝的第二任皇后，俄罗斯帝国第二位皇帝、第一位女皇。伊丽莎白一世：俄罗斯帝国皇帝

不如追风去

彼得一世和女皇叶卡捷琳娜一世之女，皇帝伊凡六世之舅祖母，俄罗斯帝国第六位皇帝、第三位女皇。叶卡捷琳娜二世：即叶卡捷琳娜大帝，俄罗斯帝国皇帝彼得三世皇后，俄罗斯帝国第八位皇帝、第四位也是最后一位女皇，是俄罗斯历史上仅有的两个"大帝"之一（另一个是彼得大帝）。她与法国启蒙思想家伏尔泰等交往密切，但思想仍旧保守，亦以风流著称，男宠众多。

进入宫殿，和宫外的清新气质不同，宫殿内可谓是流光溢彩，极尽奢华。叶卡捷琳娜宫内部是沙皇及家人们曾经生活、工作过的房间，内部装修为奢华的巴洛克风格。穿梭在黄金为基调，玛瑙、琥珀、宝石进行点缀的各个房间，可以轻易想象出沙皇当时骄奢淫逸的生活，或许你会赞赏沙皇的审美取向，但是显然列宁并不这么认为，于是他领导了那场著名的革命，终结了沙皇的幸福生活。

叶卡捷琳娜宫有座著名的琥珀厅，是唯一不允许拍照的地方，我们现在看到的，是1979年后重修的琥珀厅。琥珀厅内部通体由琥珀和黄金装饰而成。当年，普鲁士国王赠送给彼得大帝一批数量巨大的琥珀，伊丽莎白女皇用这些琥珀作墙面的装饰材料，建造了琥珀厅。琥珀厅共有14块琥珀壁板，琥珀壁板由几十万琥珀小片拼成各种图案，镶嵌在黄金里，金光四射，这些琥珀重达六吨，花费了工匠们十年的时间建造。琥珀厅壁上还配有四幅著名的佛罗伦萨镶嵌画，四幅画象征性地描述了人类的五种感觉，这组镶嵌画不仅精美绝伦，而且举世无双。但是，这一切都毁于二战时期，德国纳粹分子将琥珀厅洗劫一空。

圣彼得堡被称为博物馆之都，而"微缩博物馆"又是其中最奇葩的一个。这个最负盛名的博物馆，非比寻常，不仅备受小朋友的喜爱，连大人们也十二分的惊喜。在800平方米的沙盘上，100多个微缩模型用了五年多的时间，打造了一个精巧绝伦、逼真度99.99%的俄罗斯微缩模型景观。

从莫斯科、圣彼得堡、新西伯利亚等诸多名城及其中的重要建筑，均逼真到让你身临其境。更奇妙的是，这些模型并非是静态的，而是呈现完整的城市日常动态。比如，很多火车、汽车都能在微缩模型中来回穿梭，车站在列车到站后会广播报站，街边临时停靠的车会打开双闪，社区的喷泉会模拟喷水，赛马场的马会扬蹄，甚至，监狱的围墙有犯人正试图越狱……简直就是一座现实的城市景象。

不仅仅有白天，还有晚间的状态。每隔15分钟，整个微缩俄罗斯都会进入夜晚，80万盏灯城市灯光，再配上雷电效果。工作人员要时刻盯着近百个监控屏幕和线路，确保一切线路每天正常运转。真是数年匠人心，才能造出这样精致完美的模型，参与完成俄罗斯微缩城市模型的都是志愿者，他们融合了模型设计、制作、艺术绘画、电学等各种门类，真正把一切细节做到了极致。在这里面，找不到完全一样的存在。每棵树都是渐变的颜色，每个人都有不同的表情，每个动物都是不同的姿态，每辆车车厢里存在不同的格局……就是耐得住寂寞，不计短期利益的热爱和付出，才能创作出让人惊叹的作品！

来到圣彼得堡，有一个地方是一定要去的，那便是举世闻名的冬宫，冬宫坐落在圣彼得堡宫殿广场上，原为俄国沙皇的皇宫，现如今是一座伟大的博物馆，和巴黎卢浮宫、伦敦大英博物馆、纽约大都会博物馆并称"世界四大博物馆"。艾尔米塔什博物馆曾是叶卡捷琳娜大帝的私人博物馆。在俄国历史上，叶卡捷琳娜女皇与彼得大帝齐名，这位俄国女皇登上皇位后，大刀阔斧，力行革新，建立了人类历史上空前绝后的俄罗斯帝国，成为俄国人心目中仅次于彼得大帝的一代英主。

宫殿广场中央是为纪念战胜拿破仑而竖立的一根亚历山大纪念柱，用整块花岗岩雕成，顶端塑造了手持十字架的天使雕像，天使脚下踏着一条蟒蛇，寓意战胜敌人，非常壮观、豪迈，展示了俄罗斯人民坚贞不屈的精神斗志及神奇精湛的艺术造诣。亚历山大纪念柱在古老建筑群中显得格外耀眼，明黄色的恢宏雄浑的海军部大楼在它身后像巨大的翅膀，白色立柱、青铜骑士像、白色勾勒的拱券，远远地呼应着冬宫的绿白立面。俄法战争一直是俄罗斯人的自豪，据说当年拿破仑军队出征俄国前专门建造了大名鼎鼎的法国凯旋门，壮观的凯旋门成了建筑史上的一颗明星，而法国军队却被俄国打得丢盔弃甲。

走进曾经的沙皇皇宫，就是如今举世闻名的历史博物馆，近300万件展品，约350间开放展厅，走在这座巴洛克风格建筑里，可以看到皇室的高贵，也可以体会到达·芬奇、拉斐尔等文艺大师们的惊世之作。华丽的宫殿中，将两吨孔雀石嵌入其中的孔雀大厅，整整九重贵重木材的拼花地板，有规律的圆柱排列，还有随处可见的浮雕装饰。参观其中，感觉触手可摸的皆是黄金。

进入冬宫后，首先会被错彩镂金、雕匮满眼，挤满着人群的正面楼梯所深深吸引。这就是著名的巴洛克风格的约旦楼梯，也叫使节楼梯，各国使节经此楼梯上二楼等候沙皇的召见。楼梯占据了几乎整个冬宫三层楼高度，被镀金的光辉所填满。整个楼梯全都用白色的花岗石雕凿而成，窗户、廊柱和灯具镶着金粉的花饰，四周是许多姿态各异的人物雕塑，象征着俄罗斯国家强盛时期担当的司法智慧、忠诚以及公正的寓意。

彼得大厅也称小金銮殿，大厅装饰奢华，墙面镶着金丝绒，汇集了国徽，皇冠，荣誉花环和大帝名字首字母组成的花形图案，墙面油画两侧镶着碧玉柱廊，九种贵重木材制成拼花地板。

冬宫收藏有世界各国的艺术品，油画、雕像、地毯、家具、工艺品等一应俱全，其中古希腊的瓶绘艺术、古罗马的雕刻艺术和西欧艺术三部分藏品在世界收藏界享誉盛名。博物馆的珍藏数量浩瀚，据说若想走尽埃尔米塔日博物馆350间开放的展厅，行程约计22公里之长。冬宫的300万件藏品，如果每件看一分钟就需要5年的时间。

在这座收藏世界艺术珍品的巨大博物馆内，陈列珍藏有两幅达·芬奇的真迹——《持花圣母》和《圣母丽达》，全世界的达·芬奇真迹加在一起也不过10幅！这两幅画均为冬宫的镇馆之宝。

《持花圣母》创作于1478年左右，被视为达·芬奇创作道路上的一个里程碑。圣母马利亚怀抱圣婴，面带微笑，圣婴耶稣坐在她的膝上，马利亚手持鲜花与婴儿逗乐，圣婴右手探出想要拿花，同时伸长另一只手抓住母亲。持花和探花的母子逗乐的动作变成主题，圣母的微笑反映的是尘世中年轻少妇面对自己孩子的幸福之感，是世俗的母性，这同先前圣母画像的严肃和呆板大异其趣。

《圣母丽达》是达·芬奇1490年前后创作的一幅油画。画中的圣母正在为耶稣哺乳。端庄秀美的圣母怀抱圣婴，圣婴专注地在吸奶，而圣母则安详地凝视着正在吸吮乳汁的圣婴，脸上的微笑温馨、宁静，不失端庄，有人说，这个微笑是世界上最美丽的母亲的笑颜。同《持花圣母》一样，达·芬奇刻意淡化了画作的宗教色彩，而赋予圣母人性的光辉。

与达·芬奇同时期的另一位文艺复兴三杰之一的拉斐尔，也有作品《读书的圣母》保存在冬宫博物馆，同为镇馆之宝。

从冬宫博物馆出来，走过宫殿广场和海军军部，就来到了被称为"世界最美的街道之一"的涅瓦大街，是圣彼得堡最古老的道路之一。这里的街道建筑整齐划一，是圣彼得堡的主街道，长4.5公里，从海军军部一直到涅夫斯修道院，贯穿城市的中心。沿线可以欣赏到三大著名的教堂：滴血大教堂、喀山大教堂、伊萨基辅大教堂，还有众多名人故居：果戈理故居、柴可夫斯基故居等，以及一些其他的历史遗迹。行走涅瓦大街，还可以满足不同人的喜好需求：建筑、美景、美女、帅哥、购物、文艺情调……都能在此收获完美的邂逅。

喀山大教堂就坐落在涅瓦大街上，是圣彼得堡最大的教堂，也是俄罗斯最大的教堂之一，始建于1801年，如今仍在使用。这座教堂是为了存放俄罗斯东正教圣物——喀山圣母像而建的。这个圣母像曾有很多传说，据说在俄法战争和二战俄军进攻期间曾显灵，圣母像流下泪水并托梦，之后的严寒粉碎了敌人的进攻。1813年，曾借圣母显灵战胜法军的俄军统帅库图佐夫埋葬在了这座教堂中，墓边从法军缴获的战旗和头盔彪炳着这位将军的赫赫战功。

在圣彼得堡的最后一天，大雪纷飞，我们来到了彼得要塞，它的全名叫彼得保罗要塞。俄罗斯人有这么一句话："莫斯科是俄罗斯的心脏，圣彼得堡是俄罗斯的灵魂，彼得保罗要塞则是圣彼得堡的摇篮。"它才是陪着圣彼得堡一起成长的地方，今天的冬宫、叶卡捷琳娜宫、滴血大教堂、涅瓦大街等都是在它以后才建起来的，甚至建这个要塞的时候，这个地方还都不属于沙俄，而是属于瑞典。

圣彼得堡的建城，伊始于彼得要塞的创建，可以说彼得要塞就是圣彼得堡的发祥地。彼得要塞坐落在涅瓦右河岸，是波罗的海进入涅瓦河的唯一通道，当初为了防御劲敌，彼得大帝亲自监工建造了这座堡垒。可在建成后不久，要塞就失去了创建时的军事意义，被改建成了监狱，成为关押政治犯和执行枪决的场所，高尔基也曾是这座监狱的囚犯。要塞中有保罗大教堂、钟楼、圣彼得门、彼得大帝的船屋、造币厂、兵工厂、克龙维尔克炮楼、十二月革命党人纪念碑等建筑物。

要塞中，最引人注目的建筑是圣彼得保罗大教堂，原先是木质的，后改建为石砌建筑。大教堂的钟楼高122米，是圣彼得堡最高的建筑。教堂内，安放着俄国历代沙皇的陵墓，从彼得大帝到亚历山大三世。其中，十月革命时被枪决的末代沙皇尼古拉二世及其全家的遗骸，也在1998年被重新安葬进了大教堂。

在离开圣彼得堡飞往莫斯科那天，恰逢列宁格勒保卫战胜利75周年纪念日前夕。圣彼得堡，苏联时被称为列宁格勒，二战期间被德军封锁，60多万人死于饥饿和轰炸。1941年9月8日为封锁开始日，1944年1月27日为全面解除封锁日，苏联第二大城市、世界革命的摇篮列宁格勒就这样被围困了872天，成为近代史上主要城市时间最长、破坏性最强的包围战。这是一个战斗的民族，一座英雄的城市，熬过那段最难的日子，珍藏着最初的梦想，保留着最后的倔强！

走马观花的8天俄罗斯之旅画上了句号。我们恋恋不舍地告别了美丽的圣彼得堡。尽管多数主要景点都走过，但毕竟行色太匆匆，多少有些遗憾。梦想着下一次深度自由行，悠闲地漫步在涅瓦河畔，细细品味圣彼得堡摄人心魄的美。感谢此次出行的组织者朱涛老师和俄方克里斯金娜老师的精心组织和安排！感恩团友们一路的陪伴和关照，留下了温馨美好的回忆！

大气、精致，是此次俄罗斯之行最大的感受，用来形容俄罗斯之美最贴切不过。远观壮阔恢宏，近看精美绝伦。她的"大"绝非大而无当，而是壮丽雄伟，气势磅礴。无论宫殿、教堂、大学，还是庄园、广场、河流，都是体量巨大，初见皆为震撼。但"大"却不粗制滥造，反而每一个细节都极其用心地精雕细琢。从建筑外墙的装饰到内部天花板的绘制无不精巧繁复，每一个浮雕，每一幅壁画都经得起细细品味。尽管回来已多日，但依然沉浸在莫斯科和圣彼得堡炫目之美中。

# 后记　站在苍茫的路上遥望

　　午夜临窗，清凉似水，轻轻吟咏着好友晚风姐的诗作——《遥望苍茫》，意境深远。喜欢这首诗，喜欢这样的诗题。在这夜里，端起一碗苍茫静立，遥望前方，冥冥中轻轻吐纳着清浊。夜深人静，嘀嗒嘀嗒的钟声，声声敲入心房，伴着心跳。我不叹息，星星也不叹息，它早已悟透了缄默就是智慧。黑暗中，将最真实的自己释放，在静静的夜里，独自品味着那尘世里看不见的酸甜苦辣，用心感受着心灵深处真实的思想和意境。

　　苍茫本是虚无物。2017年以来，在"美篇""V篇""VV音乐"等网络媒体平台，我与北京、广东、内蒙古、浙江、福建、江苏、湖北等地的出镜人、摄影人合作，通过他（她）们的摄影作品，以诗配画配乐的艺术表现形式，创作发表了100多篇原创散文诗作品，试图用诗的抒情、凝练、韵律、思辨和散文的自由、铺陈、挥洒、直截，去描绘、去抒情，才感尽情，才能达意。作品中那些飘动的思绪、瞬时的领悟、绵厚的情感、深切的眷恋、空阔的悲悯、郁积的哀愁，等等，自然随意地交织融汇在一起。

　　"千江有水千江月，万里无云万里天。"不等这年，不等这月。这些年来，我漫步在散文诗的边缘，欣闻灵性文字散发的清香，不断地推敲语言文字，用散文诗抒发内心的情怀，在平铺直叙中把点滴的生活感悟和所观所思罗列出来。结集出版的这本散文诗集，共收录原创散文诗80篇、新体诗17篇、散文游记36篇，是我自2016年以来业余时间写下的文字，灵感大多萌发在深夜，文字定稿在凌晨，希望用这些从内心跳跃而出的文字在浅浅的岁月中留下烙印，在以后的时光中慢慢品悟和回忆。

只要有江河的地方，就有那轮新月，不曾抛弃、不曾远去。这本书的出版得益于许多师长、亲友、美友和文友的热情帮助，在此，特别感谢我的同事好友、一级作家、诗人谢小灵老师为本书作序和热心推荐！特别感谢资深出版人徐玉霞老师的创意策划和倾力支持！还要特别感谢一直以来默默支持、信任、鼓励、关心和帮助我的家人、前辈和亲朋好友！并恳请各位大家和文朋诗友不吝赐教，多提宝贵意见！

宇宙之大，渺渺无边，正可谓生于苍茫也归于苍茫，不必执着，也无须拘泥。在草木繁盛的文学园地里，散文诗是一株幽兰，在并不显眼的角落，偶尔地绽放光彩，更多时独个鲜妍。而我，也将在创作学习中，一如既往地默默喜爱、静静书写。

陈伟明

2020年8月8日于家乡澄海